AKAL BÁSICA DE BOLSILLO 377

Diseño interior y cubierta: RAG

Motivo de cubierta: Manuel Gómez Romero, *En el albero* (2024).

© Iván Periáñez Bolaño, 2025

© Ediciones Akal, S. A., 2025
Sector Foresta, 1
28760 Tres Cantos
Madrid - España
Tel.: 918 061 996
atencion.cliente@akal.com
www.akal.com

ISBN: 978-84-460-5703-1
Depósito legal: M-8.167-2025

Impreso en España

Iván Periáñez Bolaño

Un día entre los días
Habla, cuenta, canta
el Pueblo Gitano I

Prólogos de
Noelia Cortés y Antonio Ortega

akal

ARGENTINA / ESPAÑA / MÉXICO

Cuentos que laten a un pulso

Cuando el primo Iván Periáñez me comentó que andaba dándole forma a este proyecto, en su voz adiviné por igual los sonidos de la persecución al Pueblo Gitano y las risas de las hadas de las fábulas infantiles: un referente al que admiro y del que tanto hemos aprendido mis primas y yo, emocionaíto por la idea de coser entre sí las hojas de los cuentecillos que hemos oído en nuestras casas. Refugiando en papel y contorno las historias que caminan con nosotros, un pueblo constantemente exiliado y sin patria concreta.

Siempre he imaginado como un gran racimo de serpientes a esos jambos sabiondos que se empeñan en escribir sobre nosotros: ellos deciden qué somos, cuándo tenemos derecho a indignarnos, qué barbaridades deberíamos aceptar con conformismo o qué es lo que forma parte de nuestra historia.

Observo la cantidad de nombres de «señores importantes» que han intentado convencernos de ser lo que ellos dicen e inmediatamente me veo a mí misma descubriendo por mi cuenta, ya de adolescente, que a nosotros también nos intentaron exterminar en el Holocausto. Que había poetisas gitanas a las que podía leer, investigar y honrar con mi propia obra. Que en la historia más reciente del país habían llegado a quemar todas las casas de los gitanos del pueblo donde alguno hubiera cometido algún delito; así todos ellos, en conjunto, tendrían que irse a otro lugar. La televisión pública grabó a las gitanas viejas ingresadas con quemaduras gravísimas y a los niños gitanos comiendo en campo abierto lo que la Cruz Roja podía llevarles. Las casas chamuscadas y las fotografías familiares volviendo al polvo, ya irrecuperables. De fondo pusieron la *Nana del caballo grande,* la versión de Camarón de la Isla –me pregunto si por folclorizar la tragedia o por concederles, al menos, una voz amiga–.

Qué desesperanzador fue que aquello se pareciera tanto a lo ocurrido durante *La Gran Redada,* siglos antes: las familias gitanas abandonaban sus bienes para huir más ligeras e intentar escapar del exterminio. Dejaron atrás prendas de vestir bordadas por abuelas que ya se fueron, cazuelas heredadas de otras generaciones, juguetes forjados o tallados para sus niños, utensilios y ropajes para sus bailes…

El único consuelo es la certeza de que estos relatos, espejitos de lo que se nos sigue haciendo, son el motivo de que aquellos testimonios sobrevivieran al olvido impuesto. Un mapa en el que ir trazando puntos hasta llegar a los centros de la identidad. No los estudios académicos que *manosean* lo gitano sin llegar nunca a humanizarlo. No el contenido de los temarios que el sistema educativo nos narra –del que a duras penas formamos parte–. Es nuestro empeño en la tradición oral el responsable de que comprendamos quiénes somos y por qué la boca «sabe a sangre» cuando nuestro pueblo canta. En voz del *Yiyo,* en *Tu niño,* una carta a un padre del que ha tenido que separarse para trabajar fuera[1]: «¿Cómo explicarte que tus manos son flamenco, aunque nunca hayas sido bailaor? ¿Cómo explicarte que soy la con-

---

[1] Sergi Castellá, *Tu niño* (2022), cortometraje [16 minutos].

tinuación de tus pasos, bailando?». En voz de Lole Montoya: «Cuando canta el pueblo mío, / más que cantar, es llorar.
/ Tantos siglos de llorar, / tanto cambiar el camino»[2].

Siento que esta antología tiene mucho del deseo ances-
tral de moldear el barro de todas nuestras miradas en una
especie de vasija que nadie pueda quebrar. Observaréis que
cada historia es distinta a las demás y que, sin embargo, en
todas late el mismo pulso. Para volver un momentillo a
aquella infancia en la que se supone que han de suceder los
cuentos, juguemos a imaginar que este libro que ahora tienes en las manos fuese realmente un cántaro mágico. Si arri-
mamos el oído, como quien busca el mar en una caracola,
escucharemos tantos murmullos como familias gitanas han
logrado sobrevivir y echar raíces.

En cuanto a qué debe o no debe ser un cuento

Recuerdo que en una función de la escuela nos tocó interpretar *El Gigante egoísta* de Oscar Wilde –yo aún no sabía que durante mi propia carrera iba a ser el escritor que
más me tocaría el alma–. En el teatrillo teníamos que hacer
ver que los niños, al salir de la escuela, se colaban a jugar al
enorme jardín de la casa del Gigante. El día que los descu-
brió, los asustó a gritos y les prohibió volver. Sin ellos, la
primavera se olvidó del jardín, helado y nevado, aunque
llenase de flores el resto del reino. Tenía un final feliz, claro:
los niños entraban por un agujerito del muro, se sentaban
en las ramas de los árboles y los jilgueros volvían a cantar. El
Gigante se conmovía, les permitía jugar allí y nunca volvió
a estar solo. A mí me tocó hacer de Nieve: mi madre fue a

---

[2] Lole y Manuel, *Tango de la flor* (1994), Alba Molina, Virgin Records.

comprar los retales de pelo blanco, me forró hasta las botas y me llenó un cuenco de papelitos que debía ir tirando como copos de nieve por el escenario. Absolutamente ninguno de aquellos profesores me hizo sentir, jamás, que mi gente o yo misma pudiéramos formar parte de aquellas aguas. El Pueblo Gitano era un ente analfabeto, ajeno a la vida académica o al legado de la Literatura.

Hoy leo estas páginas y pienso en mi visita a la tumba de Oscar Wilde, ya trabajando como escritora, y en la manera en la que él se defendió de los que se reían de la ocurrencia de publicar libros de cuentos: alegó que los había escrito para «todos aquellos que han conservado sus facultades infantiles de sorprenderse y de gozar, y que además encuentran sencillas las más sutiles maravillas».

Ojalá te ocurra lo mismo a través de este gran trabajo del que Iván ha sido alfarero, pero del que todo el Pueblo Gitano es arcilla.

Gracias, querido primo, por salvar constantemente nuestra memoria y por conservar las facultades, tan sagradas como sencillas, de conmoverte y conmover.

Noelia Cortés
En Almería, a 19 de mayo de 2025

Contar, comprender y habitar la *casa-mundo*

En su anterior libro, *Cosmosonoridades: cante-gitano y canción-gyu. Epistemologías del Sentir*[1], Iván Periáñez Bolaño explicaba, creando así una categoría inédita en las Ciencias Sociales, el significado del concepto *casa-mundo* definiéndolo del siguiente modo:

> Son lugares de máxima expresión y reconocimiento cosmosonoro, del saber-escuchar, del saber-sentir junto a las memorias rítmicas y al patrimonio familiar transmitido intergeneracionalmente. Entonces, las casas-mundo son no-espacios y sí relaciones en presente-pasado continuo. Son lugares comunes donde se anclan y se enuncian concepciones de vidas plurales negadas, silenciadas o minusvaloradas.

En esta constatación de las formas vivenciales gitanas y de sus sentidos sonoros, expresivos y espirituales, se encuentra el núcleo significativo específico e inspirador que ha proyectado esta obra que vamos a leer. Cada definición que Periáñez Bolaño construye sobre estos estamentos singulares de los sentires y de los saberes gitanos perfila con exactitud el

---

[1] Publicado por Akal en 2023.

conjunto que compone cada texto: personaje, identidad, consecuencia, circunstancia, contexto, personalidad, localización, transmisión, destino, vida y espacio-tiempo narrativos. El enfoque se sitúa en un horizonte que trasciende lo meramente escribible. Las historias están compuestas en su conjunto a través de una elaborada estética que, en el corpus general, el autor individualiza. Están concatenadas subliminalmente, pero no engarzadas a un orden guionizado.

Estas microhistorias tienen por naturaleza, y bien que de ello podemos ronear los propios, lo contrario a la definición que las encaja en su modalidad narrativa o en un género literario de estanterías y catalogaciones. Aunque el registro en el mundo editorial y en el académico sea preceptivo, en lo puramente gitano no es norma ni siquiera costumbre. Por lo que el antagónico real que las sublima no transita por la medida de los textos, sino que prefigura una inmensidad oceánica sentimental que une, en perfecto equilibrio, contenido y continente, y donde Periáñez Bolaño (primo Iván), ha acometido una renovadora (y reveladora) visión que involucra sujeto y mundo en el mundo del sujeto. Esta compleja envergadura es incomparable al cúmulo nefasto de páginas manchadas por la tinta de la leyenda inventada y del romanticismo exótico, tan manoseado en la mal llamada *Literatura gitana*. La etiqueta no es nuestra: como en tantos ultrajes, se suma al conjunto de maldiciones históricas creadas por editores, mercaderes de la palabra y escritores *gadjes*. Los textos que componen ese ambiguo género folclorizan cuando no caricaturizan a los gitanos y a lo gitano. Y así, endémicamente, por más que expliquemos que ningún individuo por sí solo es representativo de un conjunto, y menos aún de culturas que habitan en los espacios compartidos de la modernidad.

La escritura es también un campo para la resistencia, pero resistir sin luchar nos victimiza; el propósito implícito de este libro combate de manera atinada aquellos contenidos que idealizan a las sociedades preconcebidas y a los individuos que las habitan. Aquí no hallará el lector esa fabulación demoniaca del esencialismo de tendencia. Acaso sea por eso, entre tantas otras cuestiones, que a la dialéctica histórica, revestida de rasgos negativos cuando no de arañazos que pasan por caricias, Iván le haya dado un pellizco de tornillo elaborando modos y formas narrativas inteligentes y artísticas. Rítmicamente gitanas. Es destacable la variedad de estilos literarios que le ha impreso a cada crónica en función de su propia naturaleza, singularizándolas para que, aun formando parte del conjunto, sean únicas. Otro aspecto indisoluble del libro, y que complementa lo anteriormente dicho, es el concepto expresivo y el sumo cuidado que ha puesto el autor en la traslación al papel, porque el depositario de esos tesoros de la memoria oral familiar no se ha limitado a la literalidad de la fuente, sino que los ha re-creado tomándose licencias literarias acertadas que cuentan con la aprobación de los informantes, ya que las engrandece sin desdibujar los relatos reales que las caracteriza y que las pone en común. El hallazgo es de un valor incalculable, porque los relatores no hubiesen cedido la llave del cofre a nadie que no considerasen miembro de la *casa-mundo,* el ámbito de la recelosa intimidad al que, hasta ahora, han estado exclusivamente reservadas, no en pro de cualquier secretismo novelero; más bien por protección sentimental del legado. Periáñez conoce las estancias de cada uno de los valores que fundamentan las estructuras vernáculas gitanas; no porque sean fuente de su disciplina de investigación o de estudio, menos aún por mera observación antropológica (el que lo conoce sabe que esas notas curriculares más bien lo rebelan…), sino porque las trae de nacencia y habitan en sus sentidos: como diría el Tío Antonio Heredia, un filósofo ágrafo, con ortología y lenguaje propios: lo que tiene Iván, no es «prendío…».

Esos perfiles emocionales del conocimiento y de los saberes que acaudala el autor se manifiestan de igual modo en lo que concierne al cuerpo idiomático; así, las mudanzas del trato personal están plasmadas y definen las relaciones entre narrador e informantes (es decir, entre parientes). Esto contribuye de manera decisiva a comprender los contextos en los que se desenvuelven las historias principales y también la historia que hay detrás de cada una de ellas, el proceso de producción es parte de un todo unitario. Iván lo explica introduciendo los cuentos con pedagogía periodística, alargando así con originalidad multiforme la idea y los entornos en los que se produce la transferencia informativa. Es una suma de detalles que el lector tendrá la oportunidad de encontrar conforme se vaya adentrando en las vidas envolventes, emocionantes y conmovedoras de las gitanas y de los gitanos que protagonizan cada relato. En este trabajo están al fin autorrepresentados con rigor, sin maquillajes, con la pulcra sensibilidad que merecían. El primo Iván lo ha hecho posible. Este libro es, pues, la auténtica *casa-mundo*-habitada desde tiempos inmemorables…

Antonio Ortega
En Sevilla, a 19 de mayo de 2025

Agradecimientos

Los hilos fundamentales que nos han ayudado a tejer este conjunto de cuentos han sido el cariño, el amor y el respeto. Nuestros mayores y antepasados son las referencias principales que dan sostén a cada uno de los relatos. En nuestra cultura, aún en nuestra pluralidad, ellos y ellas son los cuentacuentos, los sabios y las sabias, los que conservan las experiencias y las transmiten a las nuevas generaciones. Estamos muy contentos por sus presencias. Sin ellos y sin ellas, sin nuestras familias y sus memorias de resistencia, no hubiera sido posible que la mayor parte de estas historias hubieran traspasado los muros de nuestras casas. Literalmente: ¡sin ellas y ellos no estaríamos aquí! Textualmente: ellos y ellas son los héroes y las heroínas, los magos y las magas de los relatos que aparecen en esta recopilación. No sabemos si esto es suficiente para decir que este libro es un acto de valentía y de justicia. En todo caso, el valor patrimonial, simbólico, cultural y narrativo que salvaguardan y proyectan estas narraciones es inconmensurable. El amor y la reparación nos han dado fuerzas para compartir nuestras historias con ustedes. Compartir es una de las cualidades que, junto a la esperanza, pueden configurarse como soportes para construir *algo* mejor: sin dejar de ser lo que hemos sido, somos y queremos —o podemos— ser y sentir en cualquier caso e imposibilidad.

A nuestros antepasados y antepasadas. A mi familia toda. A Carmen. A Antonio Ortega, Noelia Cortés, Pedro María Peña, Bastián *Bacán,* Manolo Gómez, Eduardo García, Basilio García, José Lérida, Loli Lérida, Almudena Jiménez, Rafael Buhigas, Joaquín de los Reyes, Jero de los Santos, Eva Montoya, Sebijan Fejzula, Cayetano Fernández, José Manuel Gabarri, José Vega, Carmen de los Reyes, Herminia de los Reyes, Voria Stefanovsky, Jesús Espino, Alejandro Rodríguez. A los lectores y a las lectoras. A todos y a todas *¡Nais Tumengue!* ¡Muchas gracias!

Presentación

Queridos lectores y queridas lectoras, este libro que tienen ustedes en sus manos no es un *típico* libro de cuentos. No adelantaremos mucho más sobre esta cuestión, sería una forma de quitarle encanto a los misterios, a los sucesos y a las vidas en las que, si les apetece, se van a sumergir. No queremos hacer de filtro. Solo podemos avanzar lo siguiente: este no es un libro *sobre* gitanos, sino que es un libro escrito, contado y cantado por gitanas y gitanos. Agrupa un conjunto de pequeñas historias que han sido seleccionadas, conversadas y comentadas por sus propios protagonistas en presente. Esta es una novedad importante respecto a los libros de cuentos tradicionales, en tanto que implica la colaboración activa y participada de todas las historias que podrán leer a continuación. Hemos de admitir que por esto mismo no ha sido un proceso sencillo. Durante más de un año, los contactos y los encuentros que han hecho posible esta recopilación han sido muchos y variados. La disparidad de las voces, de las motivaciones, de los lugares y de las situaciones que se han producido durante este periodo nos han puesto a prueba a todos en no pocas ocasiones. No era un asunto fácil de resolver: estábamos hablando de nuestras familias e íbamos a compartirlo más allá de nuestras casas. Por esto mismo, pasar los cuentos orales a la escritura fue uno de los procesos más complejos de solventar.

Otro asunto señaló la dificultad para contar ciertas cosas que todavía permanecen ocultas, inéditas, incompletas o han sido poco tratadas por el recelo que provoca hacerlas públicas. Fuimos muy cuidadosos con esta preocupación compartida durante todo el proceso de elaboración, de forma que han sido los propios colaboradores los que han contado lo que han creído pertinente para proteger, transmitir y transferir sus historias familiares. De esta forma, aun con la singularidad de cada relato, sin premeditar ni diseñar previamente cómo realizaríamos cada composición, todos pasaron por unas etapas de elaboración muy parecidas. Primero, fui conversando con mis redes próximas las intenciones y las motivaciones del libro. La principal, de la que derivaron las demás, señaló el interés por recoger historias que cada familia consideró relevantes para su protección y transmisión. Hemos de aclarar que la protección y la transmisión no refieren a la posibilidad de pérdida para la siguiente generación, sino que responde a una estrategia para fijar nuestras historias, memorias y voces.

Esto anterior parecerá un asunto menor, aunque si examinan todo lo que se ha escrito sobre gitanos sin que lo cuenten y escriban los gitanos y las gitanas, puede comprenderse el porqué de tal motivación. En ese sentido hemos de revelarles algo: la mayoría de recopilaciones que existen de cuentos (historias, leyendas, fábulas, relatos) *gitanos* no están contadas o escritas por gitanos, ni refieren a historias gitanas. Si lo son, no sabemos de dónde vienen, de qué familia, quiénes las han contado ni por qué; tampoco sabemos –lo que es muy importante–, si estas *historias gitanas* siguen contándose de forma oral en la actualidad, ni si atienden a los sentidos de valor cultural e histórico que aquí les damos. Otra diferencia estriba en reconocer que muchos de esos relatos son sobre todo fantásticos o corresponden a fábulas con una moraleja muy clara que se quiere transmitir al lector o al oyente. Aquí no encontrará nada de eso. Las historias e incluso las leyendas que pueden leer en este libro son todas verdaderas y han sido vividas por sus protagonistas, por sus mayores o por sus descendientes. Es más, todas se desarrollan en momentos históricos que son conocidos por la mayor parte de la población. Lo relevante entonces es que siguen recordándose en presente en nuestras familias; por eso permanecen, por eso siguen contándose a través de la oralidad, por eso estamos aquí.

Con estas intenciones, en el intercambio de impresiones llegaron los primeros acuerdos. A partir de ahí el boca a boca funcionó muy bien entre nuestras redes, conformándose un nutrido grupo de primos y de primas, de Tíos y de Tías que dieron su consentimiento para participar[1]. Tras las primeras explicaciones, cada historia oral pasaba por un proceso de transformación hacia la escritura. Una vez contados y escritos eran devueltos a sus protagonistas para que los revisaran. Según los casos y la complejidad de cada historia, las recomendaciones se introducían en el texto y volvían de nuevo a sus narradores por segunda vez: y, así, todas las veces que fuera preciso hasta que daban el visto bueno. Desde el inicio entendimos que esta era una forma *algo* más democrática o compartida de autoría. Los actores principales, todos y todas, son los cuentacuentos y los personajes que aparecen en los mismos: han tenido el control de sus palabras dichas y de su transformación escrita. Por esto, en cada uno de los textos pueden leerse quiénes son aquellos y aquellas que detentan la propiedad de sus propias historias

---

[1] *Tíos* y *Tías* son dos formas de denominar a los gitanos y a las gitanas mayores y de respeto. *Primos* y *primas* es una fórmula de reconocimiento mutuo entre gitanos y gitanas de edades parecidas.

y de sus propias memorias. Consideramos que el hecho de que estén aquí y sean comunicadas a un público más amplio es motivo de celebración; al menos así lo sentimos quienes formamos parte de esta obra. Esperamos de todo corazón que seamos capaces de hacer llegar esta ilusión y este interés a quienes se acerquen a estas nuestras *pequeñas grandes historias.*

Otra novedad señala a la estructura y a los contenidos de cada relato, cuento, leyenda o fábula. En cuanto al formato y a la disposición, el orden en el que aparecen es aleatorio, fueron colocándose en el texto a medida que iban confirmándose como parte de esta selección. No existe un índice que clasifique por temáticas o que guíe la lectura, o que indique obligatoriamente por dónde hay que comenzar. En esta compilación los tiempos de cada uno de ellos, la manera en que leerlos y el orden en el que se haga corresponde a las libertades, los gustos, las disponibilidades y las intuiciones de los lectores y de las lectoras. En ningún caso, perderán el hilo ni los sentidos que unen cada composición por separado y en su conjunto. Aunque cada uno de los diecinueve cuentos que aparecen son independientes entre sí, todos están interconectados de una u otra forma, o de muchas formas, si queremos expresarlo mejor. Por esto, pueden comenzar a leer por donde consideren o les llame más la atención. No hay un principio y un final, encontrarán diecinueve comienzos y otros tantos *continuará.* Si nos vamos más allá del suceso o de los sucesos que se cuentan, existen puntos coincidentes en cada historia o fábula.

Aun así, todas son muy diferentes por cómo están narradas y escritas, por las intrahistorias que cada una contiene, por la diversidad de personajes y anécdotas que las protagonizan, por las sorpresas y los secretos que desvelan, por los ambientes y los tiempos en que se desarrollan, como también por los misterios por resolver que varios de ellos dejan entrever. Asimismo, otra particularidad es que los cuentos tradicionales suelen presentar un principio, un desenlace y un final. Sin embargo, en esta selección cada historia carece de un final resuelto porque no han concluido, siguen vivas. Otro elemento formal y diferenciador es que cada cuento comienza con una entradilla distinta que nos ayuda a contextualizar el relato y a sus autores. En la mayor parte de las ocasiones estas introducciones toman forma de conversación entre quienes cuentan, quien escribe y quienes leen. En nuestras relecturas antes de entregar cada cuento, el efecto que nos producían estas conversaciones introductorias es que nos hacían sentir partícipes de las historias y de lo que les pasaba a sus personajes.

Sinceramente, esperamos que estos ingredientes estén bien cocinados y sean atractivos para un público amplio interesado en entrar en estos entresijos sin necesidad de un lenguaje académico o de una narrativa simplista. Encontrarán en estos casos unas composiciones más extensas y otras más reducidas; algunas trayectorias biográficas de personas que vivieron experiencias impresionantes; nanas o canciones de cuna con siglos de transmisión intergeneracional; composiciones sonoras en forma de poema; romances gitanos que consiguieron atravesar los límites de las fronteras étnicas y nacionales; fábulas que fueron vividas y reales; atletas que nunca hicieron deporte; huidos que consiguieron volver y contarlo; magos y heroínas de carne y hueso ausentes de los tebeos y cómics de Marvel, olvidados de los libros de historia oficiales; accederán a bibliotecas escondidas y recién descubiertas; abrirán cofres del tesoro; podrán leer una historia distinta del origen del Pueblo Gitano; serán partícipes de *otra* Nochebuena; podrán ayudar a Deborah a construir un castillo especial; leerán otras versiones de la esclavitud y de las estrategias activadas para resolver diferentes episodios de violencia y peligro; a reconocer otras versiones y participaciones en procesos históricos que cambiaron la historia de España; serán partícipes de un secreto nunca antes contado hasta ahora; entrarán y saldrán de un encantamiento; participarán en conjuros y maldiciones que fueron superadas; transitarán por lugares conocidos con historias desconocidas que les pueden resultar similares a las que han escuchado o vivido... y lo dejamos aquí, porque no estaría bien seguir adelantando detalles.

A partir de la página siguiente, y de la siguiente a las siguientes, entramos en otros mundos, en otras representaciones posibles, en otras vidas, en otras trayectorias y en otras posibilidades de descubrimiento. Si están aquí, es porque se han atrevido a abrir esta puerta: les damos las gracias de corazón. Si deciden adentrarse más allá, deseamos que lo disfruten como lo hemos hecho todos los colaboradores hasta llegar aquí. Ese era uno de nuestros objetivos y de nuestras motivaciones principales, compartirlas entre nosotros con ustedes y aprender juntos. ¡Se abre la puerta, pasen a estas nuestras casas, acomódense, siéntense a gusto porque estamos en familia!

Jekh dives mashkar e divesa... Un día entre los días...[2].

---

[2] Escrito en romaní y en español, esta es la fórmula que se emplea para comenzar historias y cuentos gitanos, algo parecido al «Érase una vez...».

Un día entre los días

I. Eran dos días señalaítos de Santiago y Santa Ana

«Porque me dice a mí la gente
que esto eran dos días señalaítos
de Santiago y Santa Ana,
yo le rogué a mi Dios que le aliviara
estas ducas a mi mare
de mi corazón»

Siguiriya de Curro *Durse*.

En mi casa y en las reuniones entre familias, cuando ya entrada la noche cantaban los mayores, una de las primeras siguiriyas que les recuerdo es esta, aunque mi pare no sabía concretar, dar un nombre, extender la explicación de la letra: «Iván, su pare, lo importante es la expresión y el compás, que esté hecho en su sitio, ahí está el sentido y el significado, en sentirlo y saberlo expresar. La letra quiere decir que los gitanos y las gitanas hemos sufrido y resistido mucho». Once años han pasado desde que mi papa se fue, que esté en Gloria, y hasta ahora no he tenido fuerzas para sentarme a mirar detenidamente sus archivos escritos, fotográficos y sonoros. Tejer este libro junto a las primas y a los primos, a los Tíos y las Tías, así como a las memorias presentes que colaboran en esta selección, me ha dado la motivación necesaria para realizar parte de este ejercicio. Decidí entonces rebuscar en la casa a ver si me encontraba algún escrito o audio que pudiera formar parte de estas microhistorias. En un primer momento me centré en la búsqueda de relatos, de cuentos, de narraciones que pudieran estar grabadas en CD, en discos duros, en *pendrive,* en cintas de casete, de vídeo o de magnetofón; no encontré nada. Tras esto miré en todos los muebles, rebusqué en todos los cajones, en los rincones, en los armarios y en su ropa (todavía olían a él), en las estanterías por si tenía papeles metidos entre las páginas de los libros, y no sé en cuantos sitios más. Encontré varios ensayos acerca de la propiedad y el trabajo, ¡una crítica a las tesis de Feuerbach[1] de cinco folios escritos a mano!, reflexiones acerca de la existencia y la resistencia humana, varios bocetos de retratos de corte cubista, algunas láminas con composiciones abstractas, algunos poemarios que no sabía que existían, una carpeta con entrenamientos deportivos, entre otras elaboraciones. Con todo, no vi ningún relato o historia que pudiera tener cabida aquí. En los varios días que llevé a cabo este registro, mi mama no paraba de regañarme para que lo dejara todo tal como estaba antes. El quinto día, casi dándome por vencido le pregunté:

—¿Omá, tú sabes si el papa podía tener guardadas otras cosas escritas por algún lado y no lo sabemos?

—No lo sé, lo que sí sé es que tiene un baúl en el cuartito donde meto los productos y las cosas de la limpieza. Yo ni lo toco, tiene un candao. Está al final, como escondío detrás de dos paneles, y a mí es donde menos me molesta. Yo ni me había dao cuenta de que eso estaba ahí. Cuando estaba tu pare era él quien sacaba los trastos o lo que me hiciera falta. Ya despúes de no estar tu pare, un día que estaba ordenando el cuartito me apoye para descansar y el

---

[1] Ludwig Feuerbach (1804-1872). Filósofo alemán, cuyos análisis de las religiones fueron pioneros en el materialismo crítico.

panel se movió, ahí es cuando lo vi. Dejé el panel como estaba y ya está. No le he vuelto a echar cuenta a eso.

—Pues lo has dejado muy bien. Cuando he buscado me pareció que eso era la pared.

Me sorprendió no saber de la existencia del cofre, aunque más me llamó la atención el hecho de que estuviera cerrado. ¿Para qué querría tener eso cerrado? ¿Qué había dentro que solo podía verlo él? Mi mare, que me conoce bien, al ver mi cara de sorpresa me soltó con sinceridad:

—Ya sabes cómo era tu pare de reservao pa sus cosas.

Llamé a mis hermanos y no sabían nada de ningún baúl y menos aún dónde podía estar esa llave, si es que estaba por algún lado. Pensé en romper el candado por la fuerza, aunque mi mare me quitó la idea de la cabeza. En los días siguientes seguí buscando con ahínco, puse otra vez patas arriba el piso sin éxito hasta que mi mare me dijo:

—Lo único que te queda por mirar son los zapatos de tu pare –no me sorprendió, mi mare guardó todo lo que era de él, no tiró nada–.

—¿Dónde están? –le pregunté–.

—Arriba, en la azotea. Me daba pena tirarlos, eran de tu pare.

—Pensé que allí solo había cables, tornillos, las cajas de las herramientas del papa y esas cosas.

—Ya sabes que desde que se fue, Dios lo tenga en su Gloria, yo dejé las cosas como él las tenía. Lo único los zapatos, que estaban debajo de la cama y no me gustaba tenerlos ahí sueltos, así que los metí en cajas y los puse en la azotea junto a sus herramientas.

Sin pensarlo dije para mí: «¡¿Por qué no iba a estar allí, en el sitio menos pensado, esas cosas suceden?!». Salí de la cocina a toda prisa, cogí el manojo de llaves que estaba en la puerta de entrada, subí las escaleras y me dirigí al cuartillo de la azotea. Abrí y allí estaban. En una estantería había cinco cajas de zapatos apiladas una encima de la otra, junto a la caja de herramientas. Escudriñé a conciencia la caja de herramientas por si acaso había dejado ahí la llave del baúl, no encontré nada. Miré hacia las cajas de zapatos, casi rogando; ya no quedaba más sitio en el que buscar. Me acerqué y las saqué una por una zarandeándolas por si sonaba la llave con el movimiento. Nada, no sonó nada. Mi mare, que había subido y acaba de llegar, me vio moviendo la última caja.

—Así ¿cómo la vas a encontrar? Conociendo a tu pare, si está ahí, la tiene metida en uno de los zapatos. ¡Mira los zapatos!

Abrí la primera caja, había unas botas que mi pare utilizaba para ir al campo, metí la mano y nada. Realicé la misma operación con la segunda, sin éxito. Abrí la tercera, y mi mare y yo nos emocionamos al ver los zapatos que mi pare utilizaba en sus últimos años para ir a la fábrica. Los recordaba perfectamente, y aunque nunca me parecieron bonitos ahora me parecían entrañables.

—Tu pare decía que eran muy cómodos.

Sin sacarlos de la caja metí la mano en el zapato derecho y nada. Cuando hice lo mismo con el izquierdo, noté que, en la plantilla, en la parte del dedo gordo del pie, había una prominencia leve. Tiré de ella. ¡Justo debajo estaba la llave! Coloqué rápidamente las cajas en la estantería, cerré el cuartillo, bajamos las escaleras, entramos en la casa y nos dirigimos al baúl.

Con el trajín y las emociones, los dos llegamos jadeando y sudando. Mientras apartaba los utensilios para llegar al cofre misterioso la mama fue a por dos vasos de agua. Cuando volvió, yo ya lo había sacado. Me acercó uno de los vasos, me lo bebí de un trago y saqué la llave del bolsillo para abrirlo. La llave encajaba perfectamente. Con el silencio provocado por la incertidumbre los dos escuchamos nítidamente el clic cuando giré la llave y se abrió el candado. Abrí sin prisas. Mi mare y yo juntamos nuestros cuerpos y nos asomamos para ver qué había. Lo primero que vimos fue una bandera romaní[2] doblada adrede con las dimensiones del cofre. Parecía como si intencionadamente estuviera puesta así para proteger o tapar todo lo que había debajo. Mi mare quitó la bandera, la desplegó y comenzó a doblarla de nuevo. Cuando la dejó a un lado comenzamos a sacar uno por uno los objetos que había dentro. Empezamos con los de arriba: fotografías familiares, dos pañuelos para el cuello (reconocí uno de mi Tato Rafael), un reloj que le *regalaron* en su trabajo tras la jubilación forzada provocada por el infarto, un par de varas, una cajita pequeña con una de las pipas del Tato Rafael, otra cajita pequeña con la alianza de mis abuelos, entre otros objetos personales. Apareció también algo que llevaba buscando mucho tiempo y no encontraba: una cinta de magnetofón que recordaba perfectamente cuando mi pare me la puso a escuchar como regalo «por ser un gitano cabal», «porque sé que contigo el cante no se va a acabar en esta familia». La cinta estaba metida en una carátula de metacrilato y tenía escrita con letras en rojo «Cuando me licencié[3]. Fiesta gitana en la Cava, 1967». Cuando la junamos juntos, recuerdo que mi papa salía en la grabación cantando por bulerías. En ese momento me vino

---

[2] La bandera romaní o gitana es producto del acuerdo alcanzado en 1971 por diversas organizaciones romaníes internacionales, sobre todo europeas. Se representa en horizontal y en dos mitades: la de debajo de color verde, la de arriba de color azul cielo. En el centro se dispone un círculo con dieciséis radios.

[3] Esto es, cuando terminó el servicio militar obligatorio.

a la memoria el final de ese tercio que él, mis tías, mi mama y mis abuelos cantaban por fiesta, «contri más lavaba, lavaba, la baba se le caía». No pude terminar porque se me rompió la voz y mi mare también se puso a llorar.

Tuvimos que pararnos un momento y tomar aire. Quedaban pocos objetos. De momento, aunque todo lo que habíamos sacado tenía un valor sentimental incalculable, no entendíamos el motivo por el que mi pare lo tenía escondido y cerrado con llave. En el fondo había dos libretas, un bloc de dibujo, dos libros y una caja de lápices. Las libretas contenían poemas, reflexiones inacabadas y anotaciones de todo tipo salpicando los márgenes. El blog de dibujo estaba en blanco. Dentro del baúl solo quedaban dos libros. Saqué el primero y casi no me dio tiempo a ojearlo porque mi mare dándome un leve empujón en el hombro me dijo:

—¡Mira!

Dejé el primer libro con los otros objetos. Miré hacia ella y vi que tenía el segundo libro, unos folios grapados escritos a máquina y un sobre. Por decisión de mi mama no recogemos aquí los títulos de los libros. Sí puedo contarles que los folios correspondían a un relato corto que escribí hace tiempo y que a mi pare le gustó mucho, *Quién soporta los días,* se titulaba. Lo ojeé por encima y cuando iba a comenzar a leerlo, mi mare me dijo:

—Dentro del sobre hay una carta. Está abierto.

Me dio la carta para que la leyera, ya que tiene dificultad para ver las letras pequeñas. El sobre de la carta era como los que suelen utilizarse hoy día. Estaba sin sello, sin remitente, sin cerrar, no había destinatario. Dentro había varias cuartillas muy bien dobladas, las saqué. Eran cuatro hojas que parecían antiguas por los tonos amarillentos y marrones del papel. Cuando las desdoblé para ver su contenido la letra me pareció muy similar a la que aparece en el *Libro de la Gitanería de Triana del Bachiller Revoltoso.* Este paralelismo me resultó curioso al instante, ya que este libro fue escrito aproximadamente a mediados del siglo XVIII, en pleno proceso de exterminio contra los gitanos. Además, no se encontró y publicó hasta mucho después de su escritura, en 1995. Las cuatro cuartillas estaban paginadas con número romanos, y comprobé que estaban ordenadas. La primera tenía un encabezamiento, una especie de título. Me quedé sorprendido y con una curiosidad más grande de la que ya tenía. Mi mare ya se impacientaba por saber a qué respondía tal misterio:

—Voy, voy Omá, es que está en letra antigua y me está costando un poco. –Ella, que no es muy curiosa para estos asuntos de revolver cosas extrañas del pasado familiar, estaba con una atención como hacía tiempo que no le sentía. Su mirada y su cuerpo no paraban de oscilar entre mi mirada y la carta. Fue muy poco tiempo el que tardé en reconocer las letras y poder unirlas para leerlas juntas, aunque a mi mare le pareció una eternidad–. Ya voy, ya voy –insistí–.

Me acerqué a ella y puse la carta como si los dos estuviéramos leyéndola, con la misma perspectiva, muy juntos. En el encabezamiento de la primera página se podía leer:

> Para quien lo encuentre que lo cuente:
> Fueron dos días señalaítos de Santiago y Santa Ana. Triana, 1749. De JPV.
> [...]

Detuve la lectura. La mama y yo nos miramos sorprendidos, muy sorprendidos. No quise continuar leyendo hasta que en su mirada sentí la aprobación para continuar. Esto decía, esto contaba, esto cantaba la carta:

Escribo esta historia en 1754. Aprendí a escribir por un cura y un monaguillo que iban todas las semanas al arsenal de la Carraca, donde llevo preso varios años tras unos primeros meses de estarlo y casi no contarlo en las minas de Almadén. En la Carraca hay una capilla. Yo iba a misa cada vez que me lo permitían. Digo iba, porque ahora con el nuevo cura no voy, es casi peor que los carceleros y los guardias. Mi asistencia no era debida a una fe desmedida, más bien era porque me quitaban los grilletes y podía aliviar levemente, durante esos instantes, la dura carga de los trabajos forzados. Además, no sé si por cargo de conciencia del anterior cura o a instancias del monaguillo al ver que éramos de edades parecidas, a los que íbamos nos daban a cada uno un mendrugo de pan y un sorbo de vino vertido previamente en un vaso de madera. Cuando hacían esto, uno y otro miraban de reojillo hacia la única puerta que daba acceso al lugar, comprobando que no entraba nadie. En la entrada, por fuera, siempre había varios guardias apostados para prevenir o sofocar cualquier tipo de altercado que pudiera producirse, que algunos se produjeron. En muchas ocasiones, cuando iba a hacer el reparto, el monaguillo, que se llamaba Antonio, se dirigía a la puerta y se quedaba allí hasta que devorábamos el trozo de pan y apurábamos el sabor que nos dejaba en la boca el sorbo de vino. Por las noches, con el frío, echaba de menos esa leve calor que me producía la bebida cuando bajaba al estómago. De todas formas, no siempre nos dejaban ir más de tres domingos seguidos, así que cada vez que sucedía era un aliciente para mantenernos vivos, para vernos en otra situación que nos permitía al menos hablar entre nosotros por un momento, pensar juntos en el regreso con nuestras familias y darnos ánimos para seguir adelante.

El cura, que se llamaba Miguel, todos los domingos traía el mismo zurrón donde llevaba la copa, el mendrugo y la botella de vino. Antonio, el monaguillo, llevaba otra bolsa con un par de libros bien grandes. Uno era la Biblia, el otro un romancero escrito por Lope de Vega el siglo anterior que, si no recuerdo mal el título, se llamaba *La mocedad de Bernardo del Carpio*. Para los primos y para mí fue una sorpresa que, además de escuchar insistentemente los mismos pasajes bíblicos de carácter moralizante cada domingo a cargo del cura, tras finalizar, el monaguillo dedicaba una parte del tiempo a leer pasajes de la vida del Conde Bernardo *El Carpio*. La primera vez que esto sucedió nos miramos todos, el cura y el monaguillo notaron nuestro cambio corporal, aunque no nos dijeron nada, seguramente pensando que nos gustaba esta actividad. Con el tiempo, los dos o tres que teníamos más interés fuimos escuchando con atención, preguntando e intentando comprender los misterios que hacían que los sonidos hablados tuvieran una forma de escribirse y decirse. Como éramos jóvenes, aprendimos relativamente rápido. Con el tiempo y las confianzas, Miguel y Antonio completaron sus apoyos llevando los domingos papeles en blanco, algunas plumas, un tintero tapado con un tapón de corcho y lápices para ir practicando la escritura. Así estuvimos cinco años, hasta que un domingo ya no volvieron. El nuevo cura, Fernando, ¡se llama como el rey!, ¡se les caigan las manos a los dos!, nos ha quitado ese espacio de libertad que habíamos conseguido. A mí me bastó solo un domingo con él para no querer volver. Los primos que siguen acudiendo por su implicación religiosa dicen que los cambios que introdujo el primer día se han mantenido: hay que llevar los grilletes dentro de la capilla, en todo el tiempo que dura la misa hay dos guardias dentro más los de la puerta, no hay pan, no hay vino, no hay libros, no está permitido hablar, preguntar al cura o a los guardias, ni pueden hablar entre ellos.

Durante el tiempo que vinieron Miguel y Antonio conseguí que me dieran algunos de los papeles en blanco y un par de lápices, que he tenido escondidos debajo de mi catre. Nadie mira aquí, ni mira el catre de nadie. Lo llamo catre por llamarlo de alguna forma, ya que es un montón de paja aplanada tirada en el suelo con una manta fina encima. Los guardias solo entran si hay algún altercado. Me quedan ya muy pocas cuartillas, las otras las he ido quemando para que nadie las encuentre. En ellas he ido escribiendo un rato por las noches para no olvidar lo que he ido aprendiendo en estos años. Es poco tiempo lo que puedo dedicar a esto, llego muy cansado, roto, apenas tengo luz y fuerzo mucho la vista. Aun así, hago el esfuerzo y estoy un rato antes de quedarme rendido por el trabajo inhumano de todo el día, de todos los días, de todos estos años. Esta noche, cuando he ido a coger un papel me he dado cuenta de que solo me quedan cuatro. No he tenido muchas dudas sobre qué hacer con ellos, ya que estaba seguro de que no iba a conseguir más cuartillas. He decidido aprovecharlos para escribir esta carta. Más bien es una historia, una historia que es real, que le ha pasado a mi familia, que me está pasando a mí, que la están sufriendo todos los gitanos de España. Por eso quiero escribirla, porque no sé si algún día saldré de aquí.

Si no me falla la memoria, tengo ahora trece años. Después de cinco años en la Carraca sigo teniendo pesadillas recordando aquella noche; escucho los sonidos, siento la prisa, la angustia y las carreras, recuerdo muchas de las caras desencajadas, la incredulidad de nuestros vecinos, los gritos y los sollozos de nuestras mayores, la inquina de los guardias tirando a matar, e incluso las miradas y las risas maliciosas de aquellos que no querían vivir con gitanos y se alegraban de lo que estaba sucediendo. Mi familia y yo vivíamos en Triana, un barrio de Sevilla donde convivíamos junto con otras familias gitanas y no gitanas. Aunque ser gitano no es sencillo en ningún lugar ni en ningún tiempo, como dicen los viejos y sus experiencias, recuerdo con alegría mis primeros años de vida, justo antes de cumplir los ocho años, justo antes de que pasara todo. Recuerdo con mucha alegría los juegos con mi hermano y mis hermanas, mis primos y mis tías. Recuerdo las boas y los bautizos en Santa Ana, con los días de fiesta donde venía familia y amigos de muchos sitios. A mi mare María, a la Tata Rafaela, el Tato Antonio y la Tía Ani contándonos a los chavorrillos historias fantásticas y también historias de los gitanos viejos. Las recuerdo a ellas llorar cada vez que cantaban y relataban trozos de los *Romances de Bernardo El Carpio, del Conde Niño* y *del Conde Sol*. Recuerdo despertarme y ver que mi papa y mi hermano mayor, como todos los días, estaban ya en la fragua. En mi casa la fragua ha sido muy importante, se ha trabajado el hierro desde generaciones. El metal, el hierro, las alcayatas, el golpe del martillo y los cantes por tonás, martinetes y debla no solo han sido el sustento principal de mi familia durante generaciones, sino que era una escuela para el aprendizaje. El olor, la temperatura, las voces de esos gitanos, el *trin-ti trin-ti trin-ti* del martillo, del metal con metal en el yunque, el sonido de las respiraciones, las gotas de sudor impactando en el suelo, los silencios entre golpe y golpe, entre tercio y tercio provocaban ensoñaciones de todo tipo. Todavía hoy lo sigue haciendo, eso no se puede ir. En los años que llevo preso no pocas veces me he despertado con pesadillas en la noche gritando: «¡Opaíto vámonos pa la fragua, Opaíto vámonos pa la fragua!».

Era la madrugada del día 29 al 30 de julio de 1749. Yo tenía ocho años. Recuerdo muy bien esa noche, ¡cómo se me va a olvidar! Me desperté por los golpes insistentes que daban a la puerta. Como todos dormíamos en el mismo habitáculo, a excepción de mi mama y mi papa, que lo hacían en un cuartito separado del resto por una cortina, pude comprobar que mis hermanos mayores, Carmen, Juan y Rocío, no estaban.

Observé que mi María, la más pequeña de siete años, no se había enterado de nada y estaba dormida. Entretanto, los porrazos habían cesado y entonces logré escuchar la voz de Juan muy agitada y alterada, aunque no pude entender casi nada de lo que decía: «... están entrando..., los tesabelan... corriendo... solo a los gitanos». No me dio tiempo a más porque sentí como mi mama nos zarandeaba del brazo a María y a mí mientras gritaba:

—¡Levantaos, rápido!

—¿Qué pasa mama? –le pregunté–.

No la había visto así nunca, ni siquiera las veces que los guardias se presentaban en la casa para «registro rutinario», como lo llamaban, ni siquiera aquella vez que se llevaron a mi papa a la estaripén unos días por negarse a herrar gratis el caballo de no sé qué autoridad que era muy mala con los gitanos de Triana.

—¡Levantaos que nos vamos najando!

No nos dio tiempo a ponernos nada, nos levantó en brazos y fue ahí cuando comencé a escuchar ruidos lejanos que no conseguí ubicar. Mi mare se paró en la alacena y cogió una talega, metió un mendrugo de pan y algo más que no conseguí ver. María seguía muda. Mientras guardaba cosas en la talega pregunté a mi mare por el papa y los hermanos, pero no me contestó. Creo que ni me escuchó. Estaba concentrada, con movimientos muy rápidos y seguros, como si estuviera acostumbrada a estas situaciones. En ese momento, el ruido que estaba lejos ahora parecía que estaba dentro del patio de vecinos donde vivíamos con otras familias. Se escuchaban gritos y lamentos de mujeres, de hombres y de niños... a algunos de los cuales llegué a reconocer. Sentí un escalofrío mientras mi mare nos arrastraba a María y a mí hacia la puerta de salida. Mientras atravesábamos la parte central del corral pude escuchar mucho mejor los gritos de los guardias: «¡Alto! ¡Alto o disparo!»; pies a la carrera, los cascos de los caballos resonando atronadores en la calle y disparos.

Nuestra prisa se vio truncada nada más salir. Algunos vecinos malavenidos iban acompañando a los guardias en los apresamientos, sobre todo para pucabar donde podían encontrarse gitanos escondidos, o para ayudarles a encontrar otros lugares donde sabían que vivían familias gitanas. No me dio tiempo a ver más, un grupo de unos diez guardias y cinco vecinos se dirigió hacia nosotros sin posibilidad de najar. No sé qué planes tendría mi mare, ni qué había hablado con mi pare, ni dónde estaba nadie de mi familia. Pasó mucho hasta que pude enterarme de algo en la Carraca. Al instante me separaron de mi mare y de mi hermana. Un grupo de cinco guardias me ató las manos y los pies con una cuerda que se unían en la cintura finalizando en un enganche. Los otros cinco guardas hicieron lo mismo con mi mare y mi hermana. Fue una imagen horrible, de las que nunca voy a olvidar. No sabíamos qué pasaba. María y yo llorábamos semidesnudos mientras nos resistíamos a ser encadenados, le gritábamos a la mama: «¡Omá! ¡Omá!». Mi mare se revolvía y luchaba contra los guardias sin dejar de mirarnos con amor, sin decir nada, hasta que la golpearon y la dejaron aturdida. La apoyaron en una pared. A su lado pusieron a María, que se había desmayado de la tensión. Las ataron de pies y manos y las unieron a las dos por la cintura.

Mientras sucedía esto, los guardas que me tenían apresado comenzaron a empujarme para que caminara. Me negué y uno de ellos me pegó un puñetazo en el estómago dejándome sin respiración. Esto me hizo caminar, aunque despacio. Estaba muy dolorido y excitado, ¡era solo un niño de ocho años viviendo algo inesperado y doloroso, que te rompe y no entiendes! El andar lento me permitió ver qué pasaba con mi mare y mi hermana. Delante de ellas se paró un carro tirado por cuatro caballos. Montadas iban otras gitanas apresadas, reconocí entre ellas a mi prima Manuela y a su mama, mi Tía Ramona. Me recompuse un poco al verlas con una entereza que nunca dejaré de admirar, todas maldiciendo a los guardias y a los vecinos malhablaos, todas resistiendo mediante la guasa. Observé que mi mare y mi hermana se levantaban despacio mermadas por el golpe y la situación, hasta que con la ayuda de las que estaban arriba lograron subirse al carro. Vi cómo giraban la esquina de la calle, dirección San Jacinto. Hasta el día de hoy no sé qué pasó con ellas y con el resto de la familia.

En mi caso, cuando llegué al final de la calle, había otro grupo de guardias esperando. Llevaban una hilera de gitanos mayores y chavorrillos como yo amarrados de la misma forma y unidos todos por la cintura. Todos hombres. Todos caminando, en silencio. No nos dejaban hablar. Allí estaba mi hermano Juan, de los primeros, con una herida en el hombro, aunque no pude apreciarla bien porque llevaba todo el brazo manchado de rojo. Cuando pasó a mi lado me miró: «De esta salimos», interpreté en sus ojos. Uno de los guardias le empujó para que acelerara la marcha. Me colocaron al final y comenzamos a andar dirección al Puente. No sería el último en ser incorporado a esta macabra fila. No sabíamos hacia dónde nos llevaban, únicamente escuchamos a los guardias decir que tenían ganas de llegar al Baratillo para poder descansar tras toda la noche *trabajando:* ¡se les hubieran caío las manos a los gachós[4]! Estaban muy equivocados. Ya casi amaneciendo llegamos al barrio del Baratillo. Lo que vimos fue dantesco, muchas gitanas mayores en los bordes de la calle llorando, gritando, maldiciendo,

---

[4] «Gachó» se emplea para el masculino, esto es, para el hombre no-gitano; para el femenino o mujer no-gitana se usa «Gadji» o «Gachí». «Gadje» y «Gaché» son el genérico que comprende tanto el masculino como el femenino, es decir, hombres y mujeres no-gitanos.

increpando a todo aquel que tenía uniforme. Nos miraban, como lo hacía mi mare, con cariño, aun con todo el dolor y la rabia que estaban sintiendo. Y no fue lo peor, vimos cómo varios operarios metían en cajas de madera a varios gitanos que yacían muertos en el suelo, para luego apilarlas en un carro grande. Iban con las cuerdas, por lo que seguramente habían intentado escapar. Otros grupos debían de llevar bastante tiempo allí, por lo que la espera, la inseguridad, la indefensión y el no saber qué estaba sucediendo y qué había pasado con sus familiares debió de ser insoportable en ese momento para algunos. ¡Undebel los tenga en su Gloria! Crucé la mirada con mi hermano Juan, lo necesitaba, detecté en sus ojos lo mismo que cuando íbamos camino al Puente. Necesitaba pensar en eso.

Aquí terminaba la carta. Seguramente se le acabaron las cuartillas, o los lápices, o los dos, o lo descubrieron y la leyeron. Espero que esto último no sucediera.

—¿Ya? –dijo mi mare–.

—Sí, mama, aquí termina.

—A mí me ha dejao con la curiosidad, con ganas de saber más; qué pasó con el Tío JVP y su familia, a dónde se llevaron a María, a su mama, a Manuela, a su mama Ramona y a las demás gitanas, a dónde las llevaron, si consiguieron najar.

—Sí, a mí también me gustaría saber qué les pasó.

Lo que pensé –y pienso ahora con más fuerza si cabe– es que comprendí mejor al papa, a la mama y a los viejos con eso de lo importante que es que «el cante no se pierda en nuestras familias». Esas gitanas y esos gitanos cantaron en el momento lo que les estaba pasando; mucho antes de que apareciera en los libros. Es un patrimonio del Pueblo Gitano y de nuestra historia, es un legado que hay que proteger y transmitir para que no se pierda.

Miré hacia mi mare para pedirle aprobación y dejé de hablar, estaba llorando. Lo hacía mientras reía, con tristeza y alegría a la vez. Me abracé a ella y lloramos juntos. Sentí, sentimos la fuerza de todos y todas las nuestras abrazándose a nosotros.

II. La Caravana. ¡Cantad, gitanos!

Un día entre los días, Tía María Fernández Granados, *La Perrata,* cantó el cante de *La Caravana*[1].

¡Gitano!
Sin país ni bandera
cual vosotros quisiera
bajo el cielo soñar.

¡Gitano!
¡Ay!, que a tu libre albedrío
y tu cariño y el mío
por el mundo se van.

Ya se van los gitanos
por los caminos,
por los caminos, oh, oh, oh.
Y la alegre caravana
ese es su sino,
ese es su sino, oh, oh, oh.

---

[1] Véase [https://www.youtube.com/watch?v=el35Ys6vsRY].

Solitaria y oscura
se ha quedao la fragua
y una noria sin agua
y una mesa sin pan.

Por la arena caliente
y un eterno camino
como manda el destino
los gitanos se van.

Ya se van los gitanos
por los caminos,
por los caminos, oh, oh, oh.
Y la alegre caravana
ese es su sino,
ese es su sino, oh, oh, oh.

Como se quiere se olvida
dice una voz dolorida.
Aaayyy, que el viento se va llevando
y sigue la caravana
por los montes clareando
hasta rayar la mañana.

Ya se van los gitanos
por los caminos,
por los caminos, oh, oh, oh.
¡Vivan los Gitanos!
Y la alegre caravana
ese es su sino,
ese es su sino, oh, oh, oh.

Cuando cuento junto a otros, tengo presente lo que se ha dicho en mi casa, y lo que escucho a gitanos sabios mayores, que me dicen que no todo puede ser contado y cantado. Si detectan alguna discontinuidad, les aseguro que no perderán el hilo del relato; responden a silencios conscientes. Sinceramente, esta ha sido una de las historias más complejas de traer aquí debido a las múltiples versiones y recorridos que ha tenido y tiene esta composición. También por las adhesiones y las reticencias que genera según quién, cómo y por qué la canta, la siente y la cuenta. Existe un antes, un relato previo al momento en el que Tía María canta por primera vez *La Caravana* en el ámbito familiar, alrededor de 1951. Después de esta fecha conviven varios relatos, varios silencios, varias historias en ocasiones irreconciliables entre sí. La disparidad de posiciones y formas de contar descansa en este caso en las diferentes concepciones que se tienen acerca de lo que uno siente que es propio, o lo que no lo es. De todo esto hay un poco en este *cuento,* porque son muchos los actores y las narrativas que participan y siguen alimentado la realidad, la memoria, la leyenda, la fábula, los desconocimientos, el misterio. Como sucede con las historias cuando trascienden el anonimato, aunque mantengan un sustrato común con las originales, pueden contarse de múltiples formas. Tanto puede transformarse el qué, el cómo y el porqué de lo que se cuenta, que en no pocas ocasiones las resignificaciones y los añadidos motivados por estos interrogantes producen una historia distinta. Lo que se cuenta a continuación indica uno de sus posibles recorridos.

Arranca en plena dictadura franquista, en el ámbito musical y del cine. Ambas dimensiones artísticas servían al régimen en todas sus producciones e intenciones de consolidación dentro y fuera de España. Para el caso, mantuvieron, fomentaron y ayudaron a proyectar y a fijar un conjunto de estereotipos y prejuicios arrojados contra el pueblo y la cultura gitana: marcas y estigmas. Había que seguir localizando y controlando a los diferentes, a los irreductibles, a los inintegrables, a los *salvajes,* a los que son objeto de domesticación, a los que son objetos, a los que son considerados menores de edad e *incapacitados* intelectual y socialmente. En lo específico, eran *películas sobre gitanos sin gitanos,* actrices haciendo de gitanas sin serlo, las letras de las canciones, los diálogos, los decorados, las ropas, las imágenes negativas y simplonas eran todas deudoras del orientalismo, el romanticismo y el folclorismo en su interpretación local. Podemos llamarlo gitanismo, o la cara *amable* del antigitanismo. En este contexto, los afamados Antonio Quintero, Rafael León y Manuel Quiroga componen la letra y la música de las canciones que aparecen en la película *Lola la Piconera* (1951). Entre ellas una titulada *Gitanos,* que fue interpretada por la actriz y cantante Juanita Reina. Dos años después, será Paquito Rico quien cante una versión de esta letra en la película *La alegre caravana* (1953), con ese mismo título. En 1970, Rocío Jurado realiza otra versión en televisión, denominada también *Gitanos.* Ese mismo año, Tía María y su *Cante de Caravanas* aparecen públicamente por primera vez en un reportaje de Televisión Española[2].

Si las escuchamos, todas parecen similares entre sí, aunque no es así atendiendo a los detalles. *La Caravana* de Tía María *La Perrata* coloca de otra forma los versos, añadiendo

---

[2] Nos referimos al programa piloto de la serie documental, *Rito y Geografía del Cante,* grabado en 1971 y emitido por Televisión Española el 25 de junio de 1973. En el tiempo que duró su difusión, entre 1971 y 1973, se realizaron cien capítulos dirigidos por Mario Gómez y guionizados por Juan Turbica y José María Velázquez-Gaztelu. Sin embargo, no fue hasta finales de la década de los noventa del pasado siglo con el inicio de internet cuando este programa se digitalizó y pudo ser accesible a un público más amplio.

además otros contenidos y tonos melódicos. El cambio de lugar de algunas letras, unido al cambio de sonoridad en toda la composición provocan juntas toda una transformación de sentido con respecto a las otras interpretaciones. Aquí comienza una de las primeras tensiones y recorridos inesperados para contarla, cantarla y sentirla. El asunto es el siguiente: los cambios, por muy leves que sean, provocan transformaciones, y estas construyen nuevas significaciones, nuevas cadenas de sentido que las distingue del original. Es decir, en ese proceso dejan de ser la misma cosa, el mismo producto, tener la misma utilidad, tener la misma función, tener los mismos sujetos protagonistas, o tener las mismas formas de protección, de aprendizaje, de difusión, de crear comunidad. Esta es una cualidad creativa de la oralidad frente a las fijaciones de la escritura. Los caminos e historias de las tres primeras composiciones no las conocemos en su intimidad, en su cercanía y en otros posibles recorridos que no sean los relacionados con la exposición pública y comercial. No sabemos si han tenido recorrido más allá del ámbito del cine y del coleccionismo, de los nostálgicos, de los seguidores extremistas o de otros agentes implicados en los tres casos comentados. Desconocemos si tanto la obra como sus creadores e intérpretes han tenido un recorrido de transmisión intergeneracional y de pertenencia en el ámbito familiar. Sin embargo, sí conocemos varios de los caminos y de las relevancias que *La Caravana* tiene desde 1951 en sus entornos más próximos, aquellos que no están relacionados con la profesión de artista y sí con la transferencia consciente de la memoria familiar y comunitaria. Esta es una de las posibles formas en las que se puede contar y cantar *La Caravana*.

Recoger las vidas y composiciones de Tía María dan para más de un libro, lo saben aquellos que la conocieron bien. Ella vivió antes y vive ahora; y esto es bastante tiempo. Ella seguro que sabía las repercusiones que tendría su originalidad, ¿cómo no iba a saber si era una sabia?, ¿cómo no iba a ser una sabia si, como escribió el Tío Pepe Heredia, «[ella] nació hace milenios»? Su intemporalidad dificulta seleccionar las múltiples y variadas experiencias en las que *La Caravana* actúa como canal de relaciones, de símbolos, de historias dispares y de identidades. ¡Imagínense la fuerza y la eficacia de comunión demostrada tras décadas de difusión en la intimidad! *La Caravana* se canta y recuerda en presente. Tía María es venerada, una referencia en sus círculos más próximos. *La Caravana* es una composición celebrada en presente continuo, un cante de *culto,* de aquí su presencia en estas páginas. Sin embargo, es ella la que da categoría al cante, ella es sujeto, *La Caravana* es el medio que permite salir, canalizar su expresividad y su saber.

Cuando comencé a pensar en qué historias podrían formar parte de esta selección conversada, aun sabiendo de su complejidad, esta fue una de las primeras opciones que contemplé junto a «Eran dos días señalaítos de Santiago y Santa Ana». Como la relación con la familia directa de Tía María es cercana, de cariño y de respeto, comenté esta posibilidad con su nieto Pedro María Peña. También llevé a cabo este ejercicio con otros familiares y amigos. Por tanto, la decisión de que *La Caravana* aparezca aquí corresponde a un consenso motivado por la emergencia de su memoria, de nuestras memorias: la memoria en presente es un antídoto frente al borrado, contra el olvido. Por ello, Pedro María es un eslabón perfecto para traer al presente algunos asuntos interesantes que atañen directamente a su genealogía y a esta creación en concreto. Es hijo de Tío Pedro Peña Fernández, uno de los hijos que tuvo Tía María. Sus aprendizajes y experiencias son directos, sin mediaciones, sin necesidad de elaborar fantasías o explorar estilos narrativos, de aquí que esta historia se produzca en forma de conversación. La única licencia literaria que nos hemos permitido es traer las voces de su abuela y de su papa.

Estuve varios días dándole vueltas a la cabeza hasta que cogí el teléfono y llamé a mi primo Pedro María, primero para pedir el permiso familiar, segundo para que me ayudara a seleccionar una de entre tantas posibilidades de contar *La Caravana*. Después de explicarle la intención y motivaciones del libro, le comenté el interés concreto en que apareciera el cante de la Tía María.

Pedro María Peña. Primo, me parece una idea preciosa que mis hijas, mis sobrinos, mis nietos puedan tener esto recogido en un libro y enterarse de estas cosas de otra manera. Me encanta.

Iván Periáñez. Muchas gracias, primo Pedro María. Es un honor y un orgullo que Tía María esté también en estos lugares y que además esté contado por su gente. Lo que sí quiero preguntarte, porque no termino de concretarlo, es qué relato relacionado con *La Caravana* podemos contar aquí. No sé cómo lo ves tú, primo, pero no solo me gustaría traer la letra y ya está, sino explicarla un poco, fijarla mediante algún suceso o hecho que consideres importante para su protección y para compartirlo con otras personas.

P. M. P. Pues sí que hay una historia que a lo mejor puede ser interesante. Es importante para nosotros, ¡desde luego! Mira, te cuento. Como sabes, he realizado una nueva versión de *La Caravana* de la abuela María. Le he puesto de título *¡Cantad, Gitanos!* Te la envío para que la escuches, porque acabamos de terminarla. Pues bueno, para hacer la nueva versión he tenido que pasar fatigas y dar muchas vueltas. Y eso que *La Caravana* es de mi abuela, la hizo ella. Aunque yo ya lo intuía, porque esto viene de largo, desde que la cantó y se hizo pública –asentí con la cabeza, ya que sé por experiencia propia y por testimonios directos que no es hasta 2008, con las plataformas digitales e internet, que *La Caravana* sale y es conocida fuera de los entornos familiares más próximos, ¡50 años después de que fuera creada!–.

I. P. En cuanto terminemos de hablar la escucho y te digo. Aunque no entiendo bien a qué te refieres con que has tenido dificultades para hacerla, porque imagino que no te refieres a lo musical, ¿no?

P. M. P. No, no es lo musical. Es otra historia, que como te digo no es de ahora. No sé si sabrás que hay una película de Paquita Rico, creo que de 1953, que se llama *La alegre caravana*. Antes, bueno, no pasó nada, pero ahora con el tema de la autoría para la versión ha estado todo más complicado. Esto tiene muchas cosas detrás, no solo las que tienen que ver con la música o con el legado de mi familia, sino con los dineros y con cómo entendemos cada uno lo que es propio o te pertenece: ¿qué te parece como historia?

I. P. Sí, me parece interesante. En estos días voy a ver la película y a escuchar la versión que habéis hecho ¿Te llamo la semana que viene cuando haga esto y nos vemos? –Tras su respuesta afirmativa, seguimos hablando de otros asuntos y nos despedimos–.

En los días sucesivos escuché en repetidas ocasiones *La alegre caravana,* lo mismo hice con *¡Cantad, Gitanos!* Con respecto a la película y a su contenido, puede resumirse en otra más de las representaciones estereotipadas que el cine de la época proyecta acerca de los gitanos y de las gitanas. La trama se repite: un hombre llamado Miguel no se quiere casar con su prometida. Es un matrimonio concertado por su familia y no deseado por él, así que decide abandonar su hogar. En su huida se refugia con una familia gitana que vive en una caravana y allí se enamora de una gitanita llamada Rocío. Nada nuevo. Cambiando el género del protagonista, el cine folclórico del siglo pasado en España recurre constantemente a estas historias de amor imposible entre *gadjes* y gitanos. Tras escuchar numerosas veces las canciones que aparecen en la película, pude comprobar que había muchas diferencias con *La Caravana* de la Tía María. Mucho menos se parecía a *¡Cantad, Gitanos!* En esta búsqueda me encontré con las interpretaciones de Juanita Reina en *Lola la Piconera* (1951) y en el disco titulado *La reina de la canción española. Vol. 2 (1949-1951)*, por lo que pude ponerlas en perspectiva con *La Caravana*. Tras estas escuchas y comprobaciones sentí curiosidad por saber lo que Pedro María tenía que contarme.

Lo llamé tras haber pasado justo una semana de la primera conversación. Quedamos a media mañana en la localidad donde residen él y buena parte de su familia. Vivimos muy cerca en coche, así que no tardé más de diez minutos en llegar a su casa. Fuimos a un bar, el Bar Azul, que es punto de reunión entre varios primos y primas que viven cerca de este lugar. Al entrar, el encargado y varias personas más reconocieron a Pedro María. Tras los saludos, pedimos y salimos del local para poder hablar más tranquilos. Fuera, como parte del bar, había un rellano con mesas y sillas dispuestas de forma irregular. Nos colocamos en una que estaba puesta de forma estratégica entre dos palmeras, ya que cuando sale el sol dan buena sombra. Tras preguntarnos por las familias, por nosotros y otras cosas nuestras, retomamos el tema que dejamos aparcado unos días atrás. En cuanto nos pusieron los dos cafés negros que habíamos pedido, dimos un primer sorbo y comenzamos.

I. P. Primo, qué bonita la versión que habéis hecho. La he compartido con mi familia, con otros primos y amigos, y a todos les ha encantado, les ha gustado mucho.

P. M. P. He tratado de hacer una versión lo más respetuosa posible e intentar aportarle algo nuevo. Era complicado, pero, sinceramente, desde la humildad estoy satisfecho con cómo ha quedado *¡Cantad, Gitanos!*

I. P. Sí, le hace justicia a un cante de tu casa. El estribillo considero que es un acierto. No solo es la voz y el saber de la prima Tomasa *La Macanita,* sino que ha quedado muy bien la guitarra, el violín, los coros con las voces de la familia, experimentar con otros instrumentos, probar con otros sonidos, muchas cosas nuevas… no era sencillo y ha quedado muy bien. Y para mí, sin perder de vista la importancia de lo musical, el estribillo nuevo actualiza el cante original sin renunciar a su contenido y a sus sentidos identitarios. Este cambio no es menor, le da un sentido nuevo, porque cuando Tía María crea *La Caravana* todavía nuestros mayores no se habían reunido en el Primer Congreso Internacional Romaní de 1971. Total, que la música recuerda a melodías indias, y la letra me parece que atiende muy bien a ese acuerdo de nuestros mayores recogiendo los colores de la bandera como símbolos −nos miramos y cantamos bajito el estribillo−:

¡Canta, Pueblo Gitano,
canta conmigo,
canta conmigo, oh, oh, oh, oh!

¡Son tus colores,
azul del cielo,
verde el camino, oh, oh, oh, oh!

Cuando terminamos hubo un breve silencio. Como uno «canta lo que recuerda, lo que ha vivido», como decía el Tío

Manolito *el de María,* he de admitir que me vinieron muchas experiencias y emociones compartidas. Por cómo tenía los ojos el primo Pedro María, entendí que le estaba pasando lo mismo. Bebimos lo que quedaba del café. Tomamos de un trago los vasos de agua que nos trajeron con los cafés y continuamos la conversación.

P. M. P. ¡Son muchas vivencias! Bueno, te cuento lo de la versión y así lo hilamos también con el tema de la película —asentí un par veces con la cabeza—. El tema es que cuando voy a hacer la adaptación de *La Caravana* con la prima Tomasa *la Macanita,* mi pare todavía estaba entre nosotros y yo hablaba con él de esto. Le pregunté varias veces si era de la abuela María y recuerdo casi palabra por palabra lo que me decía: «Mira, hay una parte de la película de Paquita Rico, que se llama *La alegre caravana,* o algo así, pero lo de la abuela es otra cosa».

I. P. Entonces —le interrumpí—, si tu papa decía eso, ¿quién va a saber mejor que él lo que pasó en su casa?

P. M. P. Ya, pero así lo vemos nosotros; después, las cosas no son tan sencillas. Recuerdo que, antes de empezar con *¡Cantad, Gitanos!,* yo le insistía: «Pero ¡Opá, vamos a ver!»; y volvía a repetirme lo que acabo de decirte. A mí no me extrañaba en absoluto, pero quería asegurarme. La abuela María hacía unas cosas que tengo guardadas y algún día te las pondré; unas cadencias, unas escalas que no llegan ni muchas sopranos, todas de creación propia. «Entonces, la letra…»; «La letra es de ella también», me contestaba mi pare al preguntarle por el asunto. Y yo no me quedaba tranquilo, quería asegurarme: «Pero si la abuela no sabía ni leer ni escribir»; a lo que él me respondía: «No le hacía falta, lo tenía todo en su cabeza. Estaba todo el día cantando e inventando, componiendo sus letras y de todas se acordaba». Mi pare no tenía dudas.

Le interrumpió una llamada de teléfono. Aunque las palmeras estaban haciendo su función y estábamos en la sombra, se notaba el calor. Pensé que un refrigerio nos vendría bien. Me levanté y fui a la barra. Mientras esperaba, pensaba en lo que me había contado el primo. En estos días atrás, antes de vernos, pude comprobar esto que decía el Tío Pedro Peña. No solo la música de una y otra eran distintas, sino que también lo era la letra. Si escuchamos de nuevo *La Caravana,* se aprecia la diferencia entre una y otra sin necesidad de ser un experto en temas musicales. Tía María vería la película, ¡seguro!, y el Tío Pedro también. Ella escuchó *La alegre caravana* y compuso algo nuevo. Tal vez, el estribillo es la única parte donde pueden encontrarse algunas similitudes en la letra. El texto de una y otra, la melodía, el compás, la composición sonora, el encaje del estribillo en el conjunto, la duración, los contextos de producción, las motivaciones para su elaboración son algunos de los elementos que las diferencian. Ni que decir tiene el sentido de pertenencia que una y otra (nos) devuelven. *La Caravana* es producto del aprendizaje oral e intergeneracional que no necesita de papeles para crear y fijar, para pedir carta de propiedad. Se valida de otras formas, con otros criterios. Tía María es creadora e intérprete. Sin embargo, *La alegre caravana* se escribió antes de que fuera interpretada por Paquita Rico, es decir, como profesional tuvo que aprender la letra y la música que otros compusieron. No es su creadora, es su intérprete. Además, otro asunto muy relevante para comprender las implicaciones e importancias de una y otra, es que *La alegre caravana* no está hecha pensando en el Pueblo y la cultura gitana, sin embargo, *La Caravana* es una creación de una gitana cuya letra y expresividad contiene su forma de sentir la Gitanidad. Pensé que estas reflexiones también eran válidas para el caso de Juanita Reina en *Lola la Piconera,* aunque Pedro María no me había comentado nada.

Cuando llegué a la mesa ya había terminado de hablar por teléfono. Le acerqué su bebida y me senté para retomar la conversación. Le comenté lo que había estado pensando, y que no entendía cuál era el problema para publicar *¡Cantad, Gitanos!*

P. M. P. Espera que la cosa no acaba ahí. Como te contaba, aunque mi pare me decía todo esto, yo no quería meterme en un berenjenal. Hice como tú, me pongo a investigar y me voy a la película igual que tú. Llamo a varios amigos que saben de películas de la época, de bandas sonoras, de derechos de propiedad intelectual y esas cosas. Total, que los llamo y me dicen que sí, que estaba registrado a nombre de dos señores. Los localizo, vivían en Francia, pero ya habían fallecido. Entonces tuve que buscar a la editorial que tiene los permisos y los derechos de esa parte del estribillo de la canción, nada más cuando dice «Ya se van los gitanos, por los caminos», que eso sí está en la película.

I. P. Disculpa primo, por lo que he escuchado estos días, iguales iguales no son. El estribillo de *La alegre caravana* que canta Paquita Rico dice: «Ya se van los gitanos, de peregrinos, por los caminos. La raya de las manos hacia su sino les llevará». No lo veo yo igual que el estribillo de *La Caravana;* ni la letra, ni muchos menos el compás, ni la melodía, aunque tampoco chanelo yo cómo se decide eso.

P. M. P. Ya, es complicado y depende de varias cosas. En fin, que consigo contactar con la editorial que lleva los derechos y les digo que quiero incluir en la nueva versión esta parte, ya que la otra es de mi abuela. Me dicen que no me dan permiso, y me quedo sorprendido. ¿Qué es lo que hago? Les envío la maqueta de *¡Cantad, Gitanos!* Y ¿qué pasa? Que, cuando la escuchan, me llaman y me dicen: «Si quieres grabarla tienes que cedernos el cien por cien de los derechos».

Me quedé más sorprendido aún que cuando me dijeron que no podía grabarla. ¡Cómo le iba a regalar los derechos de lo que hizo mi abuela, de un legado familiar! Primero, me dicen que no y, después de escuchar la nueva versión, se lo quieren quedar todo, cuando yo solo pedí permiso para una parte del estribillo. ¿Qué es lo que hice? Pues, para no tener ningún tipo de problema, quité la parte que no era de ella, y ahí es donde compuse el estribillo de *¡Cantad, Gitanos!* Me invento esta parte y las armonías, que son totalmente distintas a las que aparecen en la canción de la película.

I. P. Bueno, al final ha salido todo bien y la nueva versión es un gusto escucharla. Eso ya queda ahí, como continuidad del legado dejado por la Tía María.

P. M. P. Sí, parece que sí. Además, he registrado *¡Cantad, Gitanos!* a mi nombre. Hablé con mis hermanos y les dije que como la abuela ya no estaba y papá tampoco, que alguien tenía que recuperar *La Caravana* y me encargué de eso. Esto no quiere decir que mañana mi hermano o mis hermanas, o un descendiente de la abuela María, o un primo, lo coja y lo utilice.

I. P. Algo así estamos haciendo aquí contando esta historia.

P. M. P. Sí, es verdad. Bueno, te sigo contando. Cuando me pongo a pensar en cómo realizar la versión, busco la parte que ella cantaba para ver si estaba escrito. Me pongo a buscar el texto para curarme en salud. Rebusqué y rebusqué, y no lo encontré. Mi pare me garantizaba que era de ella, que tenía una forma de cantar muy particular, muy diferente, muy personal, que tenía oído absoluto. En ese momento, y después de buscar como te digo, decido enviar *¡Cantad, Gitanos!* a la Sociedad General de Autores y Editores (SGAE) y me lo aceptan. Es decir, que hay un registro de todo. Y bueno, ya te he contado lo principal, lo que hay. Ya tú lo cuentas como veas.

I. P. Sí, en cuanto termine de escribirlo te lo envío para que le eches un vistazo y me digas —seguimos con otros temas, nos despedimos y quedamos en hablar cuando tuviera el texto—.

Es reciente y todavía lo tengo fresco en la memoria. Fue en Lebrija (Sevilla). El encuentro se celebró con motivo del homenaje que se realizaba al Tío Pedro Peña Fernández, que esté en Gloria, por el décimo aniversario de la reedición de su libro, *Los gitanos flamencos* (2013, 2024). Se realizó en la Plaza del Mantillo, y congregó a cientos de personas entre familiares, amigos y algún curioso. No se cabía en la plaza. La presentación finalizó con la familia interpretando la nueva versión realizada por Pedro María. Como en las ocasiones anteriores en las que he estado presente en este ritual, las emociones emergen con fuerza; no deja indiferente a quienes la escuchan, a quienes la sienten o a quienes sienten cómo otros la sienten y expresan. Presentes y en memoria presente, sentados y de pie, mayores y pequeños, gitanos y no gitanos, cada vez que llegaba el estribillo se cantaba a coro:

¡Canta, Pueblo Gitano,
canta conmigo,
canta conmigo, oh, oh, oh, oh!

¡Son tus colores,
azul del cielo,
verde el camino, oh, oh, oh, oh!

III. El Tío Basilio: «El día que se equivoquen, se acabó un gitano»

Me llamo Eduardo García Mayo, soy bisnieto de Basilio García Cabello. Nací hace ahora veintiún años. Entre otras motivaciones personales, tengo como propósito recopilar relatos de familiares que han vivido episodios increíbles, aunque reales, y que siguen contándose en mi casa. Me gustaría compartirlos. Así que he decidido elaborar una microhistoria con experiencias de mi bisabuelo, tras conversar en varias ocasiones con el primo Iván, con mi familia, aunque sobre todo con mi papa porque el Tío Basilio era su abuelo. Mi interés para traer aquí esta historia tiene que ver con dos asuntos: uno, porque en mi casa se le recuerda constantemente contando aspectos de su vida; dos, porque en consonancia con el hilo común que tiene esta selección conversada, en mi familia no queremos que se pierda su memoria. El respeto y la memoria es lo que hace que seamos gitanos, lo demás son complementos. La presencia del Tío Basilio se ha mantenido hasta ahora gracias a las continuas referencias que mi abuelo Armando (su hijo), mis abuelas, mi papa y mis tías se han encargado de transferirnos a mi hermana y a mí, a mis primas, a los sobrinos y a los nietos. Por esto es importante para nosotros. Desde chavorrillos mi papa nos ha estado contando mil historias, siempre las mismas historias. Mi hermana María y yo le decíamos: «¡Qué pesado, otra vez la misma!». Y, así, pensando en qué relato y qué personaje familiar elegía para este texto, me di cuenta de que con veinte años ya te sabes las historias perfectamente por esa repetición. Al reflexionar sobre esto le pregunté al papa y me dijo que precisamente era para eso: «Os los cuento repetidamente para que se os quede, para que no se pierdan. Es que los gitanos hemos sobrevivío a base de nuestras historias, de las historias que nos han contado nuestras madres y nuestros padres de boca a boca».

Las historias que hablan de mi bisabuelo son orales, aunque se conserva alguna entrevista de él en algún periódico de la época; concretamente del *Diario Madrid,* y el documento lo tenemos en la casa. También han quedado registradas para siempre varias de sus composiciones más exitosas. Asimismo, tenemos otros recortes de prensa de mediados del siglo pasado, y otros documentos personales de varios miembros mayores de la familia. En todos estos soportes nos hemos apoyado para elaborar esta narración. A su vez, recogemos un cuento que se ha transmitido en mi casa durante generaciones, siendo el Tío Basilio uno de sus protagonistas y de sus primeros narradores; es casi una fábula, aunque es real, y lo contará mi papa porque él lo vivió más intensamente. Recomponer y traer aquí momentos de su vida tal vez puede ser interesante para que un público más amplio no solo conozca su figura artística, sino también cómo resistió a las probaturas médicas en el contexto franquista, o cómo su mama consiguió que no fuera alistado para la Guerra Civil española, o cómo en su situación económica y de salud fue capaz de formarse y crear diversas composiciones de éxito, o por qué no ha sido reconocido en los ámbitos de la creación artística aun teniendo una obra consolidada y difundida. En este último caso, en no pocas ocasiones en mi casa se dice que es porque el apodo *el Poeta Gitano,* a la larga, no salió gratuito ni fue beneficioso. En mi familia fue un pionero para muchas cosas y abrió un camino que hoy seguimos continuando. Que sepamos, desde mis tatarabuelos (pare y mare de Basilio), en mi familia nos hemos dedicado a varias facetas del arte. Seguramente, muchos lectores y lectoras canten, tarareen, reconozcan o les suene alguna de las composiciones que elaboró el Tío Basilio en su corta aunque intensa vida. Puede ser que aquellos de más edad disfrutaran de las representaciones de sus obras en algún teatro del mundo. Puede ser que lo reconozcan por los dos apodos que tuvo, *el Maestro Cabello* y *el Poeta Gitano.*

Esta es parte de su historia. Mi bisabuelo nació en 1914, en el madrileño barrio de Chamberí. Un lugar situado al norte de la ciudad. Según cuenta mi pare que le contaba su abuelo, aquello era antes un arrabal donde había casitas bajas, chabolas, terrenos cultivados y fábricas de tejas, de tapices y de yeso. Me dice que las familias gitanas que se asentaron allí procedían de otros lugares de España buscando oportunidades de trabajo en la capital. Sus miembros se empleaban en distintas actividades relacionadas con el trabajo de obrero en las industrias, la producción y arreglos de utensilios metálicos, la venta ambulante y los que se dedicaban al espectáculo, al arte. Entre estas últimas estaba la familia del Tío Basilio. Por tanto, su historia no arranca aquí. Aunque nació en Madrid, su mama Amparito *la Luz* era de Granada y su papa Rufo Muñoz *el Soso* era de Valladolid, ciudad donde estuvieron viviendo tras casarse. Por un asunto que no se contó, solo sabemos que algo pasó y el silencio llega hasta hoy, decidieron trasladarse a Madrid a principios del siglo xx. En mi casa hablamos mucho de su mama Amparito *la Luz,* cupletista e hija de *la primera Golondrina* (abuela del Tío Basilio). Ella, *la Golondrina,* era cantaora y bailaora nacida en el Sacromonte granadino, e incluso llegó a formar parte del elenco de artistas que participó en el «Concurso de Cante Jondo de Granada» en 1922. Su bisabuela, Trinidad Campos, fue la creadora del cante por Romeras, como así se ha transmitido en mi familia. Este dato de Trinidad no solo se ha traspasado oralmente: en la casa tenemos un artículo publicado el día 2 de diciembre de 1942 en el periódico madrileño *Dígame,* donde dicen esto que ya sabíamos de nuestra historia familiar. En este diario se entrevista al coreógrafo y bailaor Vicente Escudero, a mi tatarabuela Amparito *la Luz* y a mi bisabuelo. Escudero no era gitano, pero mi papa cuenta que vivió con los gitanos en el Sacromonte de Granada, y en la entrevista afirma que sabe de primera mano por sus descendientes que la Romera es de Trinidad Campos. Así que el Tío Basilio procede, nació y creció en una familia de artistas creadores. Esta fue una constante en su vida y sigue siéndolo hoy día en mi familia.

Sobre su infancia y adolescencia se nos ha contado en casa que fue la de un niño gitano que le tocó vivir en periodos muy complicados, marcados por los conflictos bélicos. Nació cuando finaliza la Primera Guerra Mundial (1912-1914) y dos años antes de que España comenzara la Guerra con Marruecos (1912-1956). Siendo todavía muy joven, le tocó vivir la dictadura de Primo de Rivera (1923-1930), la Segunda República (1931-1939) y la Guerra Civil española (1936-1939). Fueron tiempos convulsos, una tragedia tras otra, todas seguidas. Sin embargo, el Tío Basilio, al igual que muchos de sus familiares, se libraron de ir a las contiendas por motivos de salud: padecieron hemofilia. Una enfermedad con la que tuvieron que lidiar todos los días de su vida. Lo único positivo es que antes te librabas del servicio militar y de ir a la guerra por esto, así que mi bisabuelo no tuvo que ir a ninguna de ellas. Otros familiares míos sí que fueron, aunque esa es otra historia que habrá que contar en otro momento.

Retomando la niñez y juventud del Tío Basilio, además de por esta cuestión de salud, hubo otro aspecto que ayudó a librar a mi bisabuelo de tener que ir al ejército: sus apellidos. Aquí se ve la resistencia y la iniciativa de las mujeres gitanas. Me explico. Según me cuenta mi papa, la mama de Basilio, Amparo, se quedó viuda del *Soso* muy pronto. Ellos se casaron según el matrimonio gitano, pero nunca se registraron en ningún lado, ni en la iglesia ni en el registro civil. Entonces, antes de que Basilio cumpliera la edad para hacer el servicio militar, mi tatarabuela Amparo *la Luz* lo registró como hijo de madre soltera. Al hacerlo le puso sus apellidos, García Cabello, cuando realmente se apellidaba Muñoz García. Seguramente, aunque no podemos saberlo, utilizaría unos apellidos u otros por estrategia. Digo esto porque en casa conservamos un diploma suyo del Conservatorio de Barcelona con fecha de 1935, donde pone que está concedido a Basilio Muñoz García, que era su verdadero nombre y no García Cabello. Al hablar esto en la casa pensé –pensamos– que, según este relato, nuestro primer apellido en origen no es García sino Muñoz. Además, por lo que he podido conversar con otros primos no es una cuestión particular, sino que hay historias de este tipo en otras familias gitanas. Esto da para muchas conjeturas e investigaciones genealógicas, pero será para otra ocasión.

Si bien es verdad que tuvo que ser un consuelo no ir a la guerra, no menos cierto es que tuvo que ser duro para un niño tener ciertas limitaciones. Sin embargo, esto no impidió que desarrollara sus inquietudes intelectuales y artísticas que, como hemos recogido, le venían de familia; lo veía, sentía, escuchaba, aprendía en su casa día tras día. La entrevista que mencionábamos al principio, realizada por el periodista

Leocadio Mejías para el *Diario Madrid,* resume de boca del Tío Basilio cómo expresaba él sus circunstancias y sus motivaciones, justo cuando siendo muy joven sus primeras composiciones comenzaron a tener notoriedad en Madrid. Se tituló: «Un coplero gitano». Transcribo de forma literal el diálogo:

Leocadio Mejías. ¿No has estudiado nunca?
Basilio García. Nunca. Soy espontáneo de las letras. Yo vengo de una familia de gitanos artistas, y creo que estas cosas se llevan en la sangre. Luego se van puliendo.
L. M. Si tu leyeras, Basilio, adquirirías una cultura indispensable para escribir, y conocedor de tu raza, en vez de coplas, lograrías esa obra universal que flota en el ambiente esperando al *cañí* que sepa reflejarla en los libros.
B. G. Así pienso. Pero ¿qué sé yo qué libros o qué cosas deba leer para formar esa cultura? ¡Es muy triste tener ansias de una rápida cultura y sentir la incapacidad de una selección! Por eso, de mala gana me conformo con mi suerte. Yo hago coplas porque las llevo dentro y al oído les cojo la música. Para saber si son buenas, se las leo a los gitanos. Si los veo llorar, buenas son. Si las escuchan indiferentes, las rompo.

Leyendo esto no puedo más que pensar cómo esos gitanos y esas gitanas aprendían a componer e interpretar piezas artísticas muy complejas sin saber leer ni escribir muchos de ellos, sin haber podido ir a la escuela regularmente. Aunque es cierto que su papa *el Soso* era autor de cuplés y poeta, también lo es que se fue cuando él era muy niño. Después de eso, según cuenta mi papa, su curiosidad le llevó a devorar los cómics que había en la casa porque le gustaban al *Soso,* y así es como dice que mi bisabuelo aprendió a leer y a escribir; con los cuplés y los tebeos. Cuando lo entrevistaron, siendo un adolescente, mi bisabuelo ya sabía leer. Lo peor es que cuando fallece su pare *el Soso,* el Tío Basilio tiene que buscar la forma de ayudar a su mama Amparo a llevar *las papas a la casa.* Además de los escasos ingresos que va recibiendo por sus primeras composiciones, es sorprendente lo que mi bisabuelo relata:

L. M. ¿Qué oficio tienes tú, además de coplero?

B. G. Conejo de indias.

L. M. ¿Qué?

B. G. Conejo de indias. Yo soy enfermo de hemofilia. Una enfermedad de reyes, por lo visto; interesante para la ciencia que en mi cuerpo realiza todas las cosas que van inventado para curarla. Un día me avisan para ponerme una inyección de esto o de lo otro, y allá voy, a ver qué pasa. El día que se equivoquen, se acabó un gitano.

L. M. Pero ¡no se equivocarán, hombre!

B. G. Da lo mismo. Son cosas del sino. Por si acaso, cualquier día redactaré en caló un epitafio con salero.

L. M. ¿Vives solo de tus coplas?

B. G. Con esa enfermedad que me imposibilita para otros trabajos, no puedo vivir de otra cosa. Y vivo con estrechez, pero vivo.

Aunque nuevamente su vida daría un giro, en este caso para bien de su formación y de su cuidado. Su mama, tras haber pasado varios años del fallecimiento del *Soso,* conoció a un gitano de Barcelona llamado Ángel Carbonell Roura. Nosotros en la casa le llamamos el Yayo Ángel, un gitano de Mataró que todos dicen que fue una muy buena persona. Junto a Amparo, el Yayo Ángel es el que realmente se encargó de criar y cuidar a mi bisabuelo Basilio. Amparo y el Yayo no se casaron. Pasaban temporadas viviendo entre Madrid y Barcelona. Gracias a esto el Tío Basilio pudo entrar y finalizar el conservatorio de piano en la ciudad catalana, el año antes de que comenzara la Guerra Civil. Por aquel entonces, mi bisabuelo tenía veintiún años. Es a partir de esta fecha, en 1935, cuando realmente pudo componer con más continuidad. Es en este momento cuando sus obras comenzaron a ser conocidas por un público mayoritario. En los años cuarenta del pasado siglo ya era un autor consolidado en el panorama musical y de las letras, con un éxito considerable, con un mérito que no es de desdeñar teniendo en cuenta sus circunstancias físicas, sociales y materiales. Mi abuelo Armando y mi papa contaban que el Tío Basilio se levantaba todas las mañanas bien temprano, se aseaba, se ponía su bata de seda con cuadros azules y rojos, se preparaba un cortao de café y comenzaba a escribir durante ocho horas seguidas, a veces hasta más, y se saltaba la hora de la comida. Todo este esfuerzo y su talento dieron como resultado muchas de las composiciones sonoras y escritas que han perdurado hasta hoy.

El Tío Basilio era muy conocido en los ambientes literarios y musicales de la época, se ponía su traje con gabán y su sombrero, e iba a los cafés que estaban en la Plaza de Santa Ana de Madrid. Allí se juntaba con intelectuales y artistas como el tocaor Ramón Montoya, o como los poetas, escritores y compositores Rafael de León, Antonio Quintero, Vicente Escudero, José Antonio Ochaíta, Xandro Valerio, Genaro Monreal, Juan Solano o Ricardo Freire, entre otros. En estas reuniones revolvía a los asistentes de sus sillas cuando comenzaba a inventar rimas y poemas en el acto. Era respetado en esos ambientes, donde le apodaron el *Maestro Cabello* y el *Poeta Gitano*. Junto a estas experiencias contadas, al revisar las composiciones que están registradas de mi bisabuelo en lugares como la Biblioteca Nacional o la Sociedad General de Autores y Editores (SGAE), compruebo que son ochenta y cuatro registros; no sé si habrá alguno más, es algo que tengo que investigar. No son pocos para una persona que nos dejó joven, a los 57 años.

Me gustaría destacar entre ellas algunas de las canciones que escribió y tuvieron mayor éxito, como *Vino Amargo, Doce Cascabeles, ¡Ay, hermanita!, De plata las herrauras, Olé y olanda* o *Tesoro de coplas.* Estas y otras muchas fueron interpretadas por artistas reconocidos entonces y ahora, caso de Rafael *Farina,* el *Príncipe Gitano,* Dolores Vargas *la Terremoto,* Gracia *de Triana,* Pepe Blanco, Pepe *Pinto,* Manuel Vallejo y un largo etcétera que sería muy extenso de traer aquí. Uno de los éxitos que más le ayudaron a ser conocido fue cuando en el Teatro Español de Madrid se estrenó en 1942 la revista teatral titulada *Viñeta Romántica,* de Manuel Machado. En esta obra, Manuel y mi bisabuelo escribieron los textos, Genaro Monreal compuso la música, y Vicente Escudero y Carmita Gracia fueron los actores principales. También tuvo mucha repercusión en los círculos del teatro la creación junto a Ricardo Freire de la revista teatral *Las mujeres de Adán,* en 1950. Según nos contaba mi abuelo, cuando se estrenó en el Teatro Albéniz de Madrid, provocó mucho revuelo por motivos religiosos. Aun así, esta obra se representó durante varias décadas en teatros de toda España y de varias partes del mundo.

No es casualidad que en estos ambientes conociera a la que sería su mujer, María Josefa. En el estreno de una de sus obras en el Teatro Español de Madrid la vio sentada en la primera fila. Cuando terminó la representación preguntó a sus familiares si sabían quién era ella y de qué familia. María Josefa *la Fina* era una gitana de Córdoba cuya familia era muy respetada entre los anticuarios de Madrid. Era hija de un gitano de Linares apodado *el Remolino.* Basilio fue a la casa del *Remolino* y de *la Fina* acompañado del Yayo Ángel, el Tío Eduardo y el *Montoyita,* y, siguiendo las formas gitanas de respeto, pidió su mano. Al poco tiempo se casaron y compartieron los siguientes años de su vida. El abuelo Armando le contaba a mi papa que se querían mucho, y que fruto de ese amor nacieron él, y su hermana más pequeña Amparo. El abuelo fue actor de teatro durante toda su vida. Más curioso es lo de Amparo, su hermana, que fue actriz de cine y doble de Sophia Loren o de Gina Lollobrigida. Este tiempo de gozo en lo personal y de éxito en lo profesional se truncó pronto: un aneurisma atacó el corazón de *la Fina* con solo veintisiete años. Esto fue un duro golpe para Basilio y para sus dos hijos pequeños. Un trauma del que ya no pudo reponerse del todo.

Desde entonces, tuvo que enfrentar una situación complicada tras otra hasta su fallecimiento. Dejó de escribir durante mucho tiempo. En ese periodo, para llevar dinero a la casa aumentó las veces que tuvo que vender su cuerpo para que probaran con él los nuevos medicamentos y las nuevas vacunas contra la hemofilia. Dejaron de llamarlo para trabajar. Muchos días, desesperado por llevar algo de comer a la casa, salía a la calle y deambulaba por el centro de Madrid vendiendo a quien las compraba las rimas que iba componiendo en el acto. En no pocas ocasiones les salvó algunos de los ingresos que le llegaban por derechos de autor, así como algún trabajo esporádico. En aquellos años de dolor, únicamente una de sus canciones obtuvo un éxito considerable, *Vino Amargo,* producto de todas estas duquelas que pasó el Tío Basilio, ¡pobrecito mío! Además, esto se vio agravado por la ojana de los que antaño decían ser sus amigos, algunos de los cuales se aprovecharon de su situación de dolor para sacar partido de sus obras. Los que antes se echaban las manos al sombrero para saludarle, ahora le volvían la cara. Su escritorio en la casa de la calle Echegaray estaba yermo, quedó mudo. Cayó en un estado de desánimo del que ya no se recuperó. El sobrenombre de *Poeta Gitano,* en plena dictadura franquista, tampoco ayudó en nada a mejorar su situación. Todo esto terminó por sentenciar su carrera profesional. Es por lo que creo que hoy sigue sin estar reconocido como se merece por su trayectoria. Gran parte de su vida ya había pasado. Nos dejó muy joven, el 19 de octubre de 1972: un infarto con 57 años.

En mi casa hay un arcón enorme con doscientas mil cosas: manuscritos, fotos, recortes de periódicos, cartas y otras muchas de mi bisabuelo Basilio, porque según mi papá lo guardaba todo. Lo hemos abierto recientemente, hace seis meses. Mi abuelo Armando, que esté en Gloria, nunca permitió que se abriera el baúl. Algo debió de pasar en la familia. Mientras estuvo vivo, nadie supo de qué podría tratarse. Algo muy importante tuvo que ser para que no quisiera que lo supiéramos. Algo debió de pasar para que no nos dejara abrirlo y ver lo que había dentro. Mientras estamos inmersos en la resolución, o no, de este misterio, colaborar con esta microhistoria ha supuesto para mi familia y para mí un proceso muy interesante y emotivo. En mi caso, he podido traer aquí su voz e imaginarme que lo escucho decir esas palabras, vivir estas historias como me pasa cuando se recuerdan en mi casa. La historia del Tío Basilio está todavía por completar, existe un silencio, algo que no se ha contado e intentaré averiguar. Queda mucho por contar.

El cuento: «La mujer caballo»

Desde que lo viviera y lo contara mi bisabuelo, el relato que viene a continuación ha sido transmitido en mi familia desde que sucedió. Cuando lo contaban los mayores, siempre de noche, a todos los niños nos daba miedo y nos dejaba sin dormir. Aunque siendo sincero, todavía hoy sigue produciéndome un poco de temor. Lo que viene ahora está relatado por mi papá, Basilio García Clavero, hijo de Armando y nieto de Basilio, ya que él lo oyó directamente de varios de sus protagonistas.

Voy a contar la historia tal como se la escuché a mi papá Armando y a mi Tía Angelita. Era la mañana del diecisiete de julio de 1936. Basilio pasaba una de sus temporadas en Barcelona. Ese día, sus dos tíos Eduardo y Ramón, hermanos de su mama Amparito *la Luz,* le propusieron dar un paseo por el puerto de la ciudad. En los últimos meses, las noticias que aparecían en prensa y en radio no eran buenas. El ambiente político y social estaba muy crispado con las acusaciones que los de izquierdas y los de derechas se lanzaban continuamente. En los barrios, en las plazas, en los cafés, en los edificios, en las universidades, en las fábricas, en todos los lugares se palpaba un ambiente hostil. Las calles no eran muy seguras, te encontrabas con manifestaciones de todos los colores, peleas entre grupos de uno y otro lado, piedras, palos, navajas, detenciones policiales y algunos disparos. En la casa algunos intentaron convencerlos para que dieran el paseo por allí cerca. Ellos, ante la reticencia de los mayores, dudaron un instante. Pero eran jóvenes, así que al Tío Eduardo no le costó mucho convencerlos. Eduardo era el mayor de los tres, conducía bien y conocía perfectamente el camino de Mataró a Barcelona tras años recorriéndolo; fue uno de los primeros taxistas de Madrid. Tomaron cada uno su sombrero, se montaron en el coche y salieron hacia la ciudad. Llegaron sin problemas. Nadie les paró, aunque vieron varios coches de la Guardia Civil en un sentido y en otro de la carretera.

Llegaron al puerto y todo parecía tranquilo. El cielo estaba despejado, corría una leve brisa y la mar parecía calmada. Aunque era sábado, al ser temprano no había casi nadie en el paseo. Comenzaron a caminar. Tras varios minutos conversando de arte, de música, de fútbol, de la situación política y social, Eduardo elevó el tono por encima de las voces de Ramón y Basilio para decir:

—¡Undebel, dicar qué mujer más guapa! –Hizo una breve pausa y añadió:– ¡No he visto nunca nada igual!

—¡Sí, la verdad es que es guapísima! –dijo Ramón–.

—¡Pues sí que es guapa! Aunque, es muy alta, ¿no? –cuestionó Basilio–.

Se miraron un momento, giraron de nuevo la cabeza hacia donde estaba la mujer e instintivamente aminoraron la marcha. La mujer guapa y alta se acercaba hacia ellos cada vez más. Al ver cómo se aproximaba se quedaron inmóviles. A cada momento que la distancia se acortaba, la belleza iba desapareciendo paulatinamente. Su cara se iba deformando, ¡un esperpento! Cuando la tuvieron enfrente, la cara era la de un caballo. Era muy, muy alta, más que ellos que se acercaban a los dos metros de altura cada uno. La *mujer caballo* se acercó, y mirándolos fijamente les dijo con voz clara y fuerte:

—Guerra.

Eduardo, Ramón y Basilio no reaccionaron, estaban paralizados. Ella, tras decir esto, pasó al lado de ellos sin apartar la mirada, y se alejó. Hasta que no la vieron desaparecer no se movieron de donde había pasado todo. No se lo creían. Volvieron al coche y se dirigieron a la casa sin decirse nada unos a otros durante el camino. Estaban deseando llegar y contárselo a los viejos y a las viejas. Con muchos nervios consiguieron hilar el suceso. Cuando terminaron, fue la mama Amparo la que les dijo:

—Estad tranquilos, aunque manteneos a la espera. Algo está a punto de suceder y creo que será muy fuerte. Ese ser no es de Dios, sino todo lo contrario, y siento que ha venido para quedarse.

La mama de Basilio sabía bien de lo que estaba hablando. Mi padre Armando siempre recordaba que, con lo que dijo, quiso poner en previo aviso a toda la familia. Como sus hijos y hermanos la conocían bien, estuvieron callados un rato pensando en lo que había dicho. No les había tranquilizado mucho. Sabían que algo se traía entre manos. No les calmó el hecho de que seguidamente, las Tías Lola, Adela y Pepa, hermanas de Amparo, dijeran que tenían que hablar en privado en un cuarto. Menos aún los calmó escuchar cómo las tías Angelita y Encarna no querían reunirse con las demás, ni querían saber nada de aquello porque se trataba de una «situación ajena a Dios». Supimos por mi papa Armando qué es lo que se dijo en ese cuarto. Según contaba, lo primero que hicieron sus Tías fue acordarse de su mama *la Golondrina,* ya que ella contaba historias tenebrosas, aunque reales, que sucedieron en el Sacromonte granadino. Entre ellas, la Tías recordaban perfectamente que les habló varias veces de una mujer bella que atormentaba a la familia, y que, igual que había sucedido, iba cambiando su figura a medida que se acercaba. La Yaya *Golondrina* también decía que cada vez que aparecía era porque algo terrible iba a suceder. Cuando salieron y comentaron esta historia con los demás, Basilio les dijo lo que le escuchó a la *mujer caballo:* «Guerra». A la mañana siguiente, 18 de julio de 1936, estalló la Guerra Civil española. Ese mismo día se volvieron a Madrid.

La historia no terminó aquí. De hecho, no había terminado. La cuestión era que la abuela y las Tías lo habían ocultado, guardaron silencio. Después del suceso que les pasó en el puerto, la cosa no paró. Es más, parece que provocó una reacción en cadena. En los años siguientes a la contienda varios familiares dijeron haberse encontrado con *la mujer caballo* en la plaza de Santa Ana, en la Puerta del Sol y en otros lugares no solo de Madrid, sino que otros parientes que vivían en distintos puntos de España contaron y vivieron experiencias similares con el mismo ente. En la casa de la calle Echegaray de Madrid, donde vivía buena parte de la familia, ocurrió repetidas veces. Por ejemplo, en 1950, casi dos décadas después de lo sucedido en Barcelona, la abuela Amparo volvió a tener un encuentro. Mi papa Armando contaba que allí el retrete estaba en un rellano fuera de la casa. Entonces, una noche a eso de las tres o las cuatro de la madrugá, Amparo se despertó con ganas de ir al baño. Cuando entró y cerró la puerta comenzó a escuchar una voz que reconoció al instante, era la de su mama *la Golondrina* llamándola:

—¡Amparo, abre, soy la mama!

Amparo se asustó en el momento, aunque se recompuso rápido y contesto:

—¿Mama, qué quieres? Acuéstate que es muy tarde.

—¡Abre, que necesito decirte una cosa, abre! –respondió *la Golondrina*–.

Siempre con el mismo tono lastimoso, insistió con la misma frase una y otra vez. Esa repetición le hizo pensar que la situación era extraña, que su mama estuviera allí levantada a esas horas y sola, cuando siempre iba acompañada. Esto le ayudó a reaccionar. Entonces, Amparo, que le tenía miedo al miedo, se armó de valor para abrir la puerta y comprobar qué es lo que estaba sucediendo. Cuando abrió se encontró de frente con la *mujer caballo,* que había adoptado la voz de su mama para atacarla. Sin pensarlo, Amparo se arrojó sobre ella y lanzó todos los golpes que pudo con sus manos y con todo su cuerpo. No consiguió darle ni una vez, claro, no había materia que golpear, pero algo haría, algún movimiento o la actitud de enfrentarse, provocando que la entidad desapareciera. Desde entonces, terminó esta maldición y no ha vuelto a haber apariciones en mi familia.

IV. *El Moreno,* último fragüero de Triana y el secreto (nunca antes contado) de la Tata Ricarda

En el verano de 1936 arrancaba uno de los episodios más repudiables de la historia reciente de España: daba comienzo la Guerra Civil. Sevilla fue uno de los primeros lugares donde se produjeron enfrentamientos serios entre uno y otro bando. Los periódicos lo habían anunciado unos días antes, las emisoras de radio también. El 18 de julio la situación se hizo insostenible. Ese día, los medios que aún emitían con normalidad solo anunciaban los ataques perpetrados por grupos de todos los colores políticos. Era peligroso salir a la calle, no sabías con quiénes te ibas a encontrar ni con qué intenciones. La desinformación hacía más desesperante la situación. Era todo muy confuso, muchos no sabían qué hacer, ni a quién o a dónde dirigirse. Parecía que todo se estaba desmoronando. No se atendieron a las señales previas. La polarización y la crispación acompañada de violencia venían de años atrás, el levantamiento militar terminó por hacer estallar el fanatismo y los extremismos a otra dimensión. Por la tarde solo se escuchaban noticias de sucesos terribles y ruidos de guerra. Con todo este caos, en la madrugada del 18 al 19 de julio podía observarse cómo en distintos puntos de la ciudad se elevaban varias columnas de humo. Podían verse, hasta olerse, desde el barrio de Triana. Comenzaba la leyenda, hoy (o hasta hoy) todavía irresuelta.

El 30 de mayo de 2024 me desvelaron un secreto que llevaba oculto desde 1936, ¡86 años, casi un siglo! El día anterior, alrededor de las diez de la noche, sonó mi teléfono. Salí de la cocina y llegué al salón, donde tenía el móvil. Miré la pantalla, era mi primo Antonio Ortega. Tras los saludos y preguntarnos por nuestras familias, fue directamente al asunto que había motivado su llamada. Le noté la voz algo agitada:

Antonio Ortega. Primo Iván, siento la hora que es, pero creo que es importante y no podía esperar a mañana. Además, que yo también me he quedado con la intriga. Verás, te llamo porque ayer estuve con el primo Joaquín de los Reyes y su hija Marta. Me los encontré en Triana, estuvimos tomando un café y charlando un buen rato.

Iván Periáñez. No los conozco personalmente, solo de oídas.

A. O. Bueno, el primo es nieto del Tío Manuel de los Reyes *el Moreno,* el último fragüero de Triana. Estuvimos hablando de muchas cosas y, en un momento de la conversación, le dije que estabas escribiendo un libro y le expliqué el objetivo que tenía. Total, que me dice que le gustaría participar porque tiene algo importante que contar.

I. P. En cuanto has dicho lo del *Moreno* he pensado que sería una buena historia.

A. O. Espérate que no queda ahí la cosa. La historia es interesante, yo también lo pensé y se lo dije. Él se calló un momento y miró a la Marta. Seguidamente se giró hacia mí y me dijo que la historia de su abuelo contenía a su vez un secreto familiar que se había conservado hasta ahora. Yo le insistí varias veces para que me lo contara, pero no dijo ni una palabra, solo eso que te he dicho. Ni una pista, ni un detalle, lo único que añadió sobre este tema es que hablaría de ello cuando estuviéramos los tres juntos.

I. P. Entiendo que te picara la curiosidad. A saber lo que es.

A. O. Sí, sí, a mí me ha dejao dándole vueltas a la cabeza a ver qué puede ser. Por eso te he llamado y para preguntarte si te interesa que forme parte del libro.

I. P. Por supuesto, me parece que es importante que no se pierda la memoria del Tío Manuel y su familia, y más siendo el último fragüero de Triana. Y si encima hay un misterio de por medio, pues mejor, más atrayente será para los lectores y para nosotros.

A. O. Venga, lo llamo ahora cuando terminemos de hablar y le pregunto qué día le viene bien para que nos veamos. Te escribo un mensaje con lo que me diga.

Dos horas después de finalizar la llamada recibí la respuesta del primo Antonio:

El primo Joaquín me comenta que le viene bien que nos veamos mañana por la mañana. Hemos quedado a las once. Te recojo en tu casa a las diez y vamos a por él, que yo sé dónde vive.

Era tarde y acababa de meterme en la cama. Contesté con un escueto:

De acuerdo, mañana nos vemos.

Mientras esperaba que me venciera el sueño, pensé que todo había sido muy precipitado e inesperado. Tal vez el primo Joaquín tenía los demás días ocupados o, y esto me intrigó aún más, tenía prisa por contar el secreto. Me dispuse a darle un par de vueltas a esta segunda opción, aunque ni siquiera pude comenzar a ordenar algunas ideas; el sueño pudo conmigo hasta que sonó el despertador.

El encuentro se produjo al día siguiente. Recogimos al primo Joaquín en la puerta de su casa, nos saludamos y comenzamos a andar hasta que entramos en el primer bar que encontramos. Durante el paseo Joaquín y yo estuvimos conociéndonos como lo hacen los gitanos cuando se tratan por primera vez. Nos entendimos rápido. Pedimos tres cafés cortados y tres vasos de agua. Como ya veníamos de conversar un buen rato, Joaquín bebió un sorbo de café, se encendió un cigarro y dijo que iba a comenzar el relato. Antes me pidió dos cosas: la primera, que pusiera la grabadora en marcha y se la acercara; la segunda, que me iría avisando de qué experiencias, nombres y detalles de las historias familiares era mejor omitir. El primo Antonio y yo estábamos expectantes. Esto es lo que nos contó:

Antes que nada, voy a hablar de mi familia, ya que ellos son los protagonistas de esta historia. Porque no solo es el secreto, sino que también hay otros asuntos de sus vidas que fueron reales, que fueron curiosos y pueden ser interesantes. Y esto es así desde el comienzo. Me explico. Mi abuelo se llamaba Manuel de los Reyes García, y le apodaban *el Moreno* por el color de su piel. Sus hermanos y hermanas eran José *el Canales,* la chacha Manuela y la chacha Carmen. Nunca conocimos la procedencia de sus antepasados, mis bisabuelos y tatarabuelos. De dónde vinieron es un misterio. Según su hija mayor, la Tata Ricarda, en la casa solo sabían que llegaron a Triana llevando todos un bombín inglés sobre sus cabezas. Por lo que se ve eran errantes, eran caldereros, arreglaban utensilios, hacían latones y cualquier cosa con el metal. Es lo único que se supo de ellos. Hasta hoy solo sabemos que entraron por Ronda. Sin embargo, la familia de mi abuela, Gracia Vargas, sí residía en el barrio desde generaciones. Era cigarrera, como muchas gitanas trianeras, aunque nos dejó muy joven, con treinta y tres años. Yo no pude conocerla, lo que sé de ella es por lo que contaba la Tata Ricarda. Tuvieron cuatro hijos, la Tata Ricarda, el Ramón, Joaquín *el Pantera* y *la Nini*.

Entonces, *el Moreno* conoce a mi abuela. La familia de ella no quería que se casara con él. Aun así, mi abuelo estuvo un tiempo roneándola, la pidió e hicieron todo según las prácticas gitanas. Una vez que se casan es cuando deciden montar la fragua. La fragua estaba situada en la calle Pagés del Corro 120, detrás de lo que antes era el Monte Pirolo; un descampado de escombros y basuras donde iban a parar muchos desechos. Era un corral de vecinos compartido por seis o siete familias. El cuarto que hacía de vivienda estaba arriba y la fragua abajo. Esto fue al principio de los años veinte del siglo pasado. Allí vivían y vivimos todos en un espacio muy reducido: mi abuelo y mi abuela con sus hijos, y también los hermanos de mi abuelo con las mujeres y los hijos. Recuerdo con mucho cariño a la chacha Manuela que se casó con el Tío Antoñete, Antonio Vega, y se quedaron allí a vivir. *La Nini* no estaba bien de salud y, como mi abuela fallece joven, es la Tata Ricarda la que cuida de ella, así que nunca se casaron. En mi caso, mi mare Rosario se casó con el hermano de mi abuelo, José *El Canales*. Tuvo seis hijos con él, aunque se quedó viuda muy pronto. Mis hermanos también vivían en la casa-fragua. Después se casó con mi pare Joaquín de los Reyes *el Pantera* y al poco tiempo nací yo. Nada más nacer, mi mare le dijo a la Tata que ya no podía con siete niños. Tampoco me quiero parar mucho en esto, porque es de los asuntos que menos me apetece contar. Entonces, aunque vivíamos todos en el mismo cuarto, por lo menos quince personas, es la Tata Ricarda la que me ha criao a mí y a todos los demás en la casa.

Mi pare *el Pantera* tenía sus *cosas*. Lo llamaban así porque era muy moreno, tiznao como mi abuelo, y porque se subía a todos lados. Estuvo en Melilla sirviendo en *Regulares*[1] y de allí ya no vino fino. Escalaba por los árboles, por los edificios, por cualquier sitio. Se tiraba del Puente de Triana al río Guadalquivir y lo nadaba de punta a punta. Hacía cosas así todos los días. Varias veces le disparó la Guardia Civil porque, en vez de ir andando por la calle, iba saltando por los tejados. Más de una vez lo trincaron los ondunares y le dieron pal pelo. Fíjate cómo era que un día iba andando por la calle Betis y cinco jóvenes que estaban en un bar se metieron con él y le dieron una paliza porque lo cogieron por la espalda. En cuanto lo dejaron de golpear, *el Pantera* fue a la casa, cogió uno de los bastones que teníamos allí, se dirigió a donde estaban los que le habían dao la tunda ¡y los mandó uno por uno al hospital! Y como esa hay más. Por ejemplo, y con esto cierro el capítulo de mi pare, había uno en el barrio, un tal Paco León, que su familia y él tenían a casi todo el barrio atemorizado. Un día, este matón le dijo al *Pantera* algo que le ofendió y a este no se le ocurrió otra cosa que darle una buena tunda. Aunque después lo amenazaron, nunca pasó nada. El Paco León no volvió a pasar por la puerta del corral de vecinos. Estuvo de niño y de joven trabajando en la fragua con *el Moreno* y el Tío Antoñete, que eran uña y carne. Después estuvo muchos años trabajando en el puerto de Sevilla. No quería fragua, decía que era muy duro; ¡cómo si trabajar en el muelle en aquellos tiempos no lo fuera! Cuando murió mi abuelo y nos expulsaron de Triana, decidió venderlo todo a la chatarrería y quedarse solo con un martillo, ¡las cosas suyas!

---

[1] Los Grupos de Regulares corresponden a una unidad de las Fuerzas Armadas españolas, creadas en Ceuta y Melilla en 1911.

En muchos aspectos, el carácter del *Pantera* se parecía al de mi abuelo Manuel de los Reyes García *el Moreno*. Su historia tiene para más de un libro. Para que los lectores conozcan un poco más, es importante saber que fue el último fragüero de Triana. Un honor un poco triste la verdad. Pero ahora voy con eso. La fragua estuvo abierta durante casi treinta años, hasta que *el Moreno* falleció. El camino para mantener la fragua activa durante tanto tiempo no fue sencillo. Las injusticias y los cambios socioeconómicos fueron dos de los asuntos con los que más hubo que bregar para no cerrarla. Y ese acoso comenzó poco después de que mis abuelos se establecieran allí. El dueño que les alquilaba insistió varias veces *al Moreno* de que lo mejor era que comprara el cuartucho con la fragua. Este hombre le apretó para que arreglaran la venta, con el pretexto de que no le aseguraba que, cuando sus hijos heredaran esa propiedad, estos fueran a respetar el acuerdo que él y mi abuelo tenían. *El Moreno* nunca le hizo caso, le despachaba diciendo que cómo iban a hablar de eso, de morirse. Así que nunca compró, ni se le pasó por la cabeza. ¿Qué pasó? Que cuando quieren revalorizar urbanísticamente Triana y se produce la *Noche de los Cristales Rotos contra los Gitanos,* la expulsión de las familias gitanas del barrio en 1958, a nosotros nos echan de allí. Yo ya vivía y me acuerdo perfectamente.

Por eso cuando dicen que en Triana había una comunión entre gitanos y gachés… ¡um, no lo tengo yo tan claro! Todo el mundo desde fuera dice que sí, que nos llevábamos muy bien, ¡bueno, entre comillas! Lo digo porque lo he vivido en mis carnes, me lo han contado mis tías, mi abuelo, mi pare y otros gitanos de Triana. ¿La verdad? Pues que los gachés necesitaban a los gitanos. ¿Por qué? Porque eran los que arreglaban los aperos de labranza, los herrajes, las alcayatas. Los vecinos iban a la fragua del *Moreno* y le hacían encargos grandes, doscientas alcayatas, doscientas puntillas, herramientas y útiles para trabajar el campo. Todo había que pedírselo a los fragüeros, y en los últimos años solo a mi abuelo, porque la suya era la única fragua que quedaba en Triana. Las alcayatas eran un artículo de uso común y generalizado; los canales de desagüe también eran obligatorios y había que hacerlos o arreglarlos; las puntillas, los paraguas, las ollas, las hoces, así como otros utensilios y herramientas del campo y de la ciudad también requerían de la fragua. Entonces, era una relación de necesidad, porque le convenía a ambos. Hasta que llega la ferretería. La implantación de estos establecimientos termina con la fragua. En los últimos años al *Moreno* le propusieron cerrar la fragua y montar una ferretería, a lo que se negó en rotundo. Como era la única que quedaba, iban muchos herreros a hacer sus trabajos allí. Cerca solo quedaba una en Camas (pueblo de Sevilla situado a muy pocos kilómetros de Triana). Las dos fraguas competían a ver quién hacía más y mejor las alcayatas, o tenían un sistema de aprendizaje basado en el intercambio; el aprendiz que estaba en Camas se iba para Triana, el aprendiz de Triana se iba para Camas. Después de una o dos semanas allí, cada uno regresaba a su fragua y contaba lo que había aprendido del otro maestro fragüero. Había un respeto.

Como he dicho antes, esto se acaba. Las fraguas desaparecen de Triana. El barrio se revaloriza con los nuevos planes urbanísticos diseñados a partir de los años cincuenta en Sevilla; el objetivo consiste en derruir todos los patios de vecinos para construir viviendas. A las familias gitanas nos expulsan de nuestras casas con lo puesto y nos envían a varios lugares donde nos dejan hacinados como animales, sin las condiciones mínimas hasta que, según el tecnicismo, nos van *realojando*. En el caso de mi familia, en 1958 ¡nos enviaron al Matadero de Sevilla! Nos pusieron en un barracón situado justo arriba de donde se hacían las matanzas, por lo que todos los días que estuvimos allí oíamos, olíamos y veíamos cómo se mataban a las bestias ¡Yo era un niño! Allí no había infraestructura de nada, no estaba hecho para las personas. Después de esto nos enviaron a un descampado que había en el polígono San Pablo (Barrio de Sevilla), un barrizal. Allí, nos metieron en una casa que parecía un refugio, sin baño dentro. Las casitas prefabricadas estaban alineadas unas frente a las otras, conformando un camino central que daba a un aseo comunitario para cientos de familias. El aseo estaba que daba pena, yo nunca entré, no me dejaba la Tata Ricarda. Me bañaba en una palangana de zinc y hacía mis necesidades cómo y dónde podía. Al final nos enviaron a un bloque de pisos en el barrio de Las Letanías. Cuando llegamos y nos instalamos, yo tenía ocho años. Fíjate en qué condiciones habíamos estado que tardé mucho tiempo en dejar de sorprenderme porque había un baño, y el baño tenía un grifo del que salía agua; ¡salía agua! ¡En fin, una odisea de película de la Segunda Guerra Mundial! La pena es que las expulsiones, las identificaciones étnicas, los traslados masivos, los campos de hacinamientos y los realojamientos fueron reales. Todavía quedamos bastantes que nos acordamos vivamente de aquel episodio terrible. Para todos en la familia fue un periodo espantoso. Fue un trauma, tanto que, cuando se estaban produciendo las expulsiones y los desalojos en Triana, *el Pantera* amarró una cuerda a la viga maestra que unía el cuarto con la fragua, consiguió partirla y se derrumbó la casa entera.

Finalizando con *el Moreno,* hay otro episodio de su vida que es muy curioso y siempre se ha contado en mi casa. En Sevilla y en el ambiente cofrade este aspecto es medianamente conocido. Fuera de estos entornos y de los familiares únicamente habrá tenido interés para algunos estudios de la historia del arte, de la escultura, de la pintura o de la imaginería. Por eso me gustaría compartirla también con otro público más amplio. La historia es la siguiente. Mi abuelo era muy guapo, y no solo de cara. De estar todos los días en la fragua golpeando el metal, tenía una musculatura muy definida, un físico privilegiado, todo el cuerpo señalado, delgado, pero todo potencia. Entonces pasaba una cosa que ha pasado mucho en Triana y nos ha pasado a los gitanos durante mucho tiempo: que hemos despertado el interés de artistas, de escritores, de escultores, de pintores, de fotógrafos de aquí y de otros lugares. Ahí está todo lo que se ha escrito sobre nosotros, la de veces que nos han pintado y las que nos han esculpido. Aquí en la Semana Santa de Sevilla pueden verse varios Crucificados cuyos modelos fueron gitanos. El Museo de Bellas Artes de Sevilla está lleno de cuadros donde salen gitanos y gitanas, por no hablar de toda la literatura porque no terminaríamos nunca. ¿Qué pasaba? Que en aquella época los artistas que iban a Triana se pasaban por la fragua del abuelo y, claro, cuando lo veían, pensaban en él como modelo para sus obras.

La primera vez que el asunto interesó al *Moreno* fue con la propuesta de un pintor. A partir de aquí, hasta tal punto llegó la cosa que algunos diarios locales escribieron dos o tres artículos donde lo llaman «el modelo fragüero». Tengo el periódico original con una de estas noticias. Ahí dice, y así se ha contado antes en mi casa, que el pintor costumbrista José Rico Cejudo pasó en 1930 por delante de la fragua y lo vio sentado, se aproximó a él y le dijo que si quería ganarse un dinero por hacer de modelo para él y para otros pintores. Esto pasó también con la Tata Ricarda. Ella era muy guapa, alta, delgada, con una nariz muy bien perfilada, ¡muy guapa! Cuando el abuelo posaba en los estudios durante la mañana, la Tata Ricarda le llevaba al *Moreno* su canastito con la comida. Varios pintores se enamoraron artísticamente al verla, de ahí que le propusieran a mi abuelo que ella también hiciera de modelo. Tal fue la insistencia de los interesados tras la primera negativa que en todas las demás ocasiones montó en cólera pensando que su hija mocita iba a posar desnuda. La cosa nunca llegó a mayores. Esto mismo le pasó a la Tata con escultores que querían esculpirla, algo que nunca llegó a suceder. Ella no quería hablar de esto cuando se le preguntaba. Tras estas primeras experiencias al *Moreno* se le presentaron otras posibilidades de hacer de modelo, esta vez en el campo de la imaginería.

El abuelo había cogido fama en los ambientes artísticos tras sus primeros posados. Sin embargo, esto de la escultura fue distinto, otra dimensión que le hizo aumentar su popularidad en estos entornos. La Semana Santa y su imaginería es muy importante para la ciudad y para una buena parte de la población sevillana desde hace siglos. Era diferente porque su representación como Crucificado tiene una exposición mucho mayor, una visibilidad continuada durante todo el año en las Hermandades y Cofradías. Entonces, al *Moreno* va a verlo el conocido escultor sevillano Antonio Illanes Rodríguez. Al principio de estar con Illanes, como era otra forma de posar, la Tata Ricarda contaba que tenía sus problemillas con los horarios, con no poder cantar por la bajito, y otros detalles. Claro, era de familia errante, de ahí venía y le costaba eso de estar tanto tiempo inmóvil en una posición, ¿cómo amarras o tienes quieto mucho tiempo a una persona así? Con el tiempo establecieron buena relación y *el Moreno* quedó *inmortalizado* en varios trabajos de Illanes. De entre ellos, hay tres que son los que más seguimiento y fervor tienen, por ejemplo en Morón, un pueblo de Sevilla, con el Cristo de la Expiración (1930). En el caso de las Hermandades que procesionan en la Semana Santa sevillana, mi abuelo hizo de modelo para el Cristo de La Lanzada (1929) y probablemente para el Cristo de La Paz (1933). Y, bueno, sea uno creyente o no, le gusten estas celebraciones o no, si uno lo piensa, es fuerte ver cómo cada año, cada día, en muchas festividades de la religiosidad popular local, *el Moreno* forma parte importante del juego de plegarias, rezos, intenciones y motivaciones silenciosas de muchas personas. Una cosa más sobre esto: la Tata Ricarda nos contó que en la casa tenían todos los bocetos que durante estos años le habían regalado los artistas, aunque desaparecieron y nadie sabe dónde están. No sabemos si se perdieron, si los tiene alguien o se quedaron allí cuando la expulsión. Este es otro secreto sin resolver.

Pero, como digo, la que nos cuida a todos, al *Moreno* también, es la Tata Ricarda. Ella es la verdadera protagonista de esta historia. Nos dedicó todo su amor y siempre estuvo ahí para protegernos a todos, a su pare, a sus hermanas y a mí. No obstante, ¡era muy miedosa, siempre pensando que nos iba a pasar algo! Aunque ahora que ha pasado el tiempo y lo veo con perspectiva, más que miedo, tal vez fuera prudencia. Recuerdo pasear con ella y no dejarme coger ningún papel del suelo, por si acaso era un panfleto político. ¡Qué pena e injusto el miedo que han tenido que pasar esos gitanos por el hecho de serlo! Tal vez el miedo continuado provocara la actitud de prudencia como medida preventiva; la familia y la vida son dos valores muy importantes para los gitanos y las gitanas. Por eso, en los momentos difíciles era la primera que estaba ahí, la que tomaba realmente las decisiones en la casa. Fijaos cómo era con la familia que una vez vino un gitano de Jerez para pedirla. Este gitano era médico y venía a la fragua asiduamente. Venir a Triana era muy significativo, un lugar de encuentro para gitanos y algunos gachés. Por ejemplo, en la fragua del abuelo se preparaban las Cruces de Mayo y se hacían unas buenas fiestas donde acudían el Tío Rafael *el Negro, el Titi, la del Maera,* los Lérida y otros más que no recuerdo. Todos paraban allí, no solo de Triana; iban los gitanos y se pegaban sus bailes y sus cantecitos. En esos encuentros es donde varias veces el médico vio y roneó con la Tata Ricarda. Cuando la pidió, ella fue muy sincera con él; le dijo que si se casaba, se llevaba a sus hermanos y a su sobrino (a mí). Él le dijo que no, y ella le contestó que ahí se acababa la historia entre ellos.

Su protagonismo en la toma de decisiones siempre ha sido fundamental. *El Moreno* y *el Pantera* eran muy libres, venían de ahí, era complicado que ellos llevaran todo palante. La Tata ponía siempre el corazón y la cabeza pensando en lo que era mejor para toda la familia. Y esto desde muy joven, en situaciones muy complicadas de resolver. Ya hemos contado algunas y podemos traer otras muestras de su valentía. Algunas que recuerdo y rememoro con mis hijos, por ejemplo, tienen que ver con la expulsión de Triana, cuando *el Pantera* derrumbó todo tirando la viga. Unos días antes de que nos obligaran a marcharnos, el propietario del cuarto y de la fragua habló con la Tata Ricarda. Este señor ya tenía las experiencias anteriores en las que mi abuelo le había dicho que no. Esta vez la propuesta se la hizo a ella, pero fue muy diferente. El gachó, que era dueño de aquello y de los terrenos que había en el Monte Pirolo, le propuso darle una casa únicamente para su hermana enferma y para ella. La Tata lo rechazó en firme: «¡O todos, o nada!». A los pocos días nos enviaron a todos para el Matadero. La familia era para ella innegociable. Sabía actuar rápido ante situaciones complejas, y rara era la vez que no acertaba. Por ejemplo, mi Tata libró de la muerte a una de sus hermanas. Veréis, pasadas unas semanas tras la victoria de los sublevados en Sevilla, la Tita *Nini* coge la viruela. En aquella época iban con camiones oficiales recogiendo a las personas que la tenían, para llevárselas a los hospicios a morir. Entonces, ¿qué hace la Ricarda cuándo vienen a hacer la inspección? No se le ocurre otra cosa que esconder a la hermana en un cajón de la cómoda. Las familias gitanas antes tenían cómodas en las casas. Como *la Nini* era muy delgadita, allí que entró y se mantuvo en silencio hasta que se fueron los señores inspectores. Sobrevivió, aunque como consecuencia de aquello tuvo marcas en la cara durante toda su vida. Así era, una heroína de las que no sale en los cuentos. A ella, toda la familia le debemos la vida. El secreto que vamos a desvelar, lo que sucedió, cómo y porqué, tiene en su primera explicación la misión que siempre tuvo la Tata por mantenernos a todos vivos y a salvo en esos tiempos.

El secreto

Bueno, una vez que he presentado a algunos de mis familiares y, sobre todo, a la Tata Ricarda, voy a finalizar este relato contando el secreto que hemos guardado durante todos estos años. He de decir que en mi casa siempre hemos pensado que lo que pasó y lo que hicimos forma parte de otros enigmas que están todavía hoy sin resolver. Es decir, por cómo sucedió todo, estamos casi convencidos de que lo que voy a descubrir integra un misterio mayor. Así lo pensaban y nos lo dijeron sus protagonistas, así se lo hemos contado a las nuevas generaciones de nuestra familia. Nuestra implicación supone una pieza del puzle muy importante, eso es cierto, aunque no desvela otras partes que, de momento, están ocultas, destruidas o silenciadas. En mi familia, la Tata Ricarda fue la protagonista principal. Todavía hoy en Sevilla se siguen haciendo conjeturas acerca de qué ocurrió, cómo ocurrió y quiénes lo llevaron a cabo. Otros han cerrado el asunto ante la imposibilidad de encontrar respuestas, de encontrar nada. Mi familia estuvo implicada y tenemos dudas respecto a lo que no se sabe, a lo que se sabe y no se dice, a lo que se dice que se sabe. Además, ocurrió en un momento y un contexto muy complicado para todos, y mucho para las familias gitanas: eran los primeros días de la Guerra Civil.

El día que se inicia la contienda, los de antes y los de después fueron muy convulsos en Sevilla. La Tata decía que la situación era tal que no pegaron ojo durante días, que tenían que estar alerta. Ella contaba que la historia se inició en la madrugada del 18 al 19 de julio, estando todos en el rellano del patio de vecinos. En cierto momento, *el Moreno* y el Tío Antoñete subieron al cuarto porque querían escuchar las ultimas noticias. Entraron. Encima de la cómoda estaba el aparato. Cogieron dos de las sillas colocadas bajo la mesa situada en el centro del habitáculo y se sentaron muy pegados al mueble. Encendieron la radio: «¡Noticia de última hora, varias iglesias del centro de la ciudad están ardiendo...!». Seguidamente, el locutor enumeró los templos que estaban en llamas, ambos dieron tal brinco que provocó que las sillas cayeran al suelo. Salieron escaleras abajo a toda prisa. Los dos iban con la cara desencajada, los ojos muy abiertos y la mirada fija, los labios resecos, los rostros blancos, muy agitados. La Tata, que se había levantado al verlos así, consiguió preguntarles un par de veces que a dónde iban y qué pasaba. Sus semblantes eran de preocupación, no miedo, ni ira enfado. Salir era peligroso en aquellos momentos y, aunque quedaba poco para que amaneciera, salir de noche aumentaba los riesgos. La Tata solo pudo escuchar al *Moreno* responder:

—¡Los están quemando, los han quemao!

Sin preguntar nada más los acompañó hasta el portón de salida del corral de vecinos. Esperó un momento detrás de la puerta, asomó la cabeza en dirección a la calle, miró a ambos lados y los vio marcharse de camino hacia al puente.

Entró de nuevo al patio y se sentó junto a las hermanas para decirles hacia dónde se habían dirigido. Seguidamente, la Tata Ricarda hizo un gesto con las manos para que las demás se quedaran allí. Ninguna dijo nada, nadie preguntó, era la mayor. Salió por la puerta del patio y regresó pasados unos minutos. Se sentó, tomó aire y dijo:

—Estoy bien. He ido con cuidado y he conseguido llegar hasta casi el final de San Jacinto. Desde allí he visto en el cielo varias columnas de humo. No he podido acercarme al puente para ver de qué se trataba, había varios coches con guardias. No dejaban pasar a nadie. A mi pare y al Tío Antoñete no los he visto.

La Tata Ricarda era muy lista y estaba pendiente de todas nuestras cosas. Cuando regresó oyó que la radio seguía encendida. Decidió subir sola, no quiso que nadie la acompañara. Recogió las sillas del suelo, y se sentó en una de ellas. Puso atención. El mismo locutor que casi media hora antes escucharon *el Moreno* y el Tío Antoñete volvió a comunicar la noticia que había provocado en ellos aquella reacción. Ya sabía de qué se trataba. Ya sabía a dónde habían ido. Apagó la radio, miró a la cómoda y descendió por las escaleras para reunirse de nuevo con sus hermanas. Mientras bajaba intentó recomponerse acompasando la respiración. No quería parecer preocupada, era la mayor. Antes de llegar pronunció para sí misma, «¡Desde 1753, Señor!». Tras trasladarles a todas lo que había escuchado, la Tata concluyó:

—Han ido a San Román, eso es seguro. Lo que no sé es si habrán podido llegar con los controles. –Todas quedaron muy preocupadas. Todavía no había amanecido–.

El Moreno y el Tío Antoñete se dirigieron a toda prisa a San Jacinto. Allí consiguieron subir a un taxi con la intención de llegar lo antes posible a la iglesia de San Román:

—Buenas noches, ¿sabe usted algo de las iglesias que están ardiendo? –preguntó *el Moreno*–.

—Buenas noches. No, lo único lo que dicen unos y otros; unos que han sido los anarquistas, otros que son los de derechas para que el pueblo se eche encima de los de izquierdas. Todo un lío. A saber. ¿A dónde van? –dijo el taxista–.

—A San Román —respondió *el Moreno*—.

—Sintiéndolo mucho no puedo llevarlos hasta allí —contestó el taxista—. Al final del puente hay apostados varios coches de la Guardia de Asalto que no dejan pasar a nadie con dirección al centro. Puedo dejarles allí.

Llegaron al final del puente. Pagaron y se bajaron del taxi. Allí estaban los controles. Pasaron sin ninguna dificultad, los policías estaban muy ocupados con las inspecciones de los vehículos y sus ocupantes. Había un buen trecho desde allí hasta San Román. Sin pensar en la distancia caminaron a toda prisa. Eran conscientes del cariño y de la responsabilidad que sentían. Ambos pertenecían al Consejo de la Hermandad del Cristo de La Salud o Cristo de Los Gitanos en Sevilla. No era solo una cuestión de creencias, sino que la Hermandad representaba —y representa hoy día— un símbolo de pertenencia identitaria, de resistencia y estrategia de las familias gitanas que padecieron el genocidio de 1749 en España. Desde entonces, los Hermanos Mayores solo pueden ser gitanos; esta es una de sus tantas singularidades con respecto a otras cofradías sevillanas. Desde entonces y hasta hace poco, ahora ya no, los objetos y complementos de las imágenes eran custodiados por las familias gitanas. Ellas guardaban todo en sus casas, todo. En esa época no existía un registro de qué tenía cada familia en su casa. Había mucho secreto con esto. En Triana, en aquel momento, la familia de Los Vega eran los que presidían la Hermandad y, como digo, mi abuelo pertenecía al Cabildo o Consejo de Gobierno. El Tío Antoñete, sin ir más lejos, se apellidaba Vega. Nadie sabía lo que tenía mi abuelo y la familia. Yo me enteré luego, cuando de chavorrillo una noche la Tata Ricarda preparó una sopa de tomate calentita y nos contó la historia.

Bueno, entonces ambos se dirigen hacia la iglesia con la esperanza de que las llamas no lo hubieran consumido todo. Imaginaos cómo irían que nunca dijeron nada de si tuvieron algún encontronazo, o se encontraron con algún disturbio, con otros controles, con barricadas u otro tipo de dificultad. Y más teniendo en cuenta el lugar al que se dirigían, la *zona roja;* objetivo de los sublevados por querer reducir a los de izquierdas, y estos por impedir que entraran los de derechas. De esto, según la Tata, no hablaron nada. El asunto es que los dos consiguieron llegar a San Román. El panorama que allí se encontraron los dejó paralizados por un momento. Los alejó del ensimismamiento un ruido dentro de la iglesia, que ya no ardía, sino que humeaba después de estar toda la noche en llamas; la parte del techo que aún quedaba acabó por desmoronarse. Se alejaron un poco y se taparon la boca para mitigar el efecto del polvo. Impacientes esperaron a que se disipara la nebulosa y que no hubiera indicios de nuevos desprendimientos. Entraron en lo que quedaba de la iglesia, un montón de escombros y de cenizas. Ni rastro del Cristo, ni rastro de la Virgen. Buscaron y rebuscaron, no encontraron nada. Estuvieron bastante tiempo examinando el lugar sin éxito, hasta que escucharon voces aproximándose a San Román. Salieron por el lado contrario para no ser vistos y emprendieron el camino de vuelta a Triana. Estaba amaneciendo.

Mientras tanto, la Tata y las hermanas comentaban preocupadas qué es lo que podría estar pasando con su pare y su cuñado, con la iglesia, con su Cristo y con su Virgen. Los primeros rayos de sol entraban por el patio, aunque todavía no eran tan fuertes como para ser molestos. La Tata dijo que subía al cuarto para hacer café. *La Nini* subió con ella para coger los vasos, las cucharillas y el azúcar, mientras ella preparaba la cafetera. Encendió la radio justo cuando su hermana bajó. Reconoció la voz del mismo locutor. Su voz sonó terrible desde que dijo «Buenos días». Las noticias comentaban las victorias de los sublevados y la toma casi total de Sevilla y sus barrios. Tras estas alabanzas, el tono cambió y exageró la firmeza de su voz:

El gabinete de información del Excmo. Gobernador de Sevilla y del Comandante de las fuerzas nacionales nos hacen llegar el siguiente comunicado de prensa…

La continuación del mensaje dejó a la Tata aterrorizada:

… si bien las imágenes religiosas son irrecuperables, no sucede así con otros objetos y utensilios que sabemos han sido sustraídos. Son objetos de un valor espiritual y material incalculables. Buscaremos y encontraremos a los culpables. Se recuerda a la población que si tuvieran algún conocimiento de este hecho tiene la obligación de informar a la autoridad competente. De no hacerlo, se le considerará culpable de colaboración de un delito grave.

La Tata reaccionó cuando escuchó que subía el café. El olor la reconfortó solo un poco, lo justo para apagar la radio. *La Nini* subió al escuchar la cafetera. La Tata le dijo en tono firme que bajara, que ahora iba ella, que tenía que calentar la leche. Encendió el hornillo y puso un recipiente con leche a calentar. Se acercó a la cómoda, abrió uno de los cajones, retiró algunos trapos y unas sábanas gruesas que tenían para el invierno, detrás estaba lo que buscaba. Nadie tocaba ahí nada más que ella, no lo permitía. Cogió cada objeto uno a uno, con sumo cuidado, como quien tiene a un bebé en brazos. Con muchos reparos, pero decidida, introdujo algunos debajo de su delantal y otros en el sostén. Cerró el cajón de la cómoda, apagó el fuego, cogió la leche y bajó.

Cuando llegó al centro del patio esperó a que cada una se preparará su café. Bebió el suyo de un trago y, cuando terminó, dijo:

—Ahora vuelvo, no tardo nada.

Ninguna de sus hermanas preguntó; la Tata era la mayor y siempre sabía lo que hacía. Ella nos contó varias veces que no sabía si estaba siendo imprudente, aunque en ese momento no dudó. Era la vida de su familia. Ni siquiera pensó en su conciencia, en su espiritualidad, o si tendría que ajustar cuentas con la divinidad por lo que iba a hacer. ¡Su familia, que era una de las guardianas del Cristo de la Salud, estaba en peligro! Lo que antes del conflicto era un orgullo familiar que se mantenía en secreto, ahora representaba un problema de vida o muerte para su familia. Ella sabía que *el Moreno* y el Tío Antoñete no tendrían miedo de enfrentarse a lo que fuera y a quien fuera; pero la guerra era otra cosa, no era una pelea de barrio. Los juicios eran militares, se resolvían rápido en casos como estos, y nosotros éramos gitanos; ¿cómo explicaban a las autoridades que ellos tenían las potencias del Señor de la Salud, el cinturón de oro y otros complementos? Para la Tata Ricarda, cuando escuchó la noticia, la decisión estaba tomada. Ya había amanecido. No se cruzó con nadie en el corto trayecto que había desde el corral de vecinos al Monte Pirolo: una escombrera, un vertedero. Avanzó unos metros, pocos, hasta que encontró un montículo de desechos donde no podían verla desde ningún ángulo. Hizo un hoyo y uno a uno fue sacando los objetos que hasta ese momento habían acompañado a su familia y al Cristo de la Salud. Los apiló en el agujero que había excavado y les prendió fuego. Esperó a que quedaran reducidos a cenizas, tapó el agujero con arena y con todo lo que le sirvió de la escombrera. Se incorporó y regresó junto a su familia.

Cuando *el Moreno* y el Tío Antoñete regresaron, ella les contó a todos lo que había hecho y porqué. Tras debatirlo, decidieron coger lo básico y esconderse en los campos. Ese mismo día, en la prensa escrita se publicó que todo aquel que hubiera participado en la quema de la iglesia, de las imágenes y en el robo de las potencias, del cinturón de oro u otros objetos del Cristo de la Salud serían fusilados. Estuvieron más de una semana najando, hasta que un día se encontraron con un primo que había ido y vuelto de la ciudad. Este les comentó que Sevilla estaba bajo el control total de las tropas nacionales. Él iba a avisar a su familia, que también había huido, para decirles que podían volver. Les aseguró que todo aquel que pusiera una sábana blanca colgando de su balcón significaba que estaba a favor del nuevo régimen y no tendría problemas. Volvieron, pusieron la sábana blanca y el secreto se mantuvo a salvo hasta hoy. Y mira que han corrido ríos de tinta en la prensa sobre este asunto. Todavía hoy sigue hablándose de este misterio en los círculos cofrades, en la Hermandad y en las conversaciones de los gitanos y las gitanas mayores, que no olvidan aquella historia y las conjeturas que provocó la no aparición de las cosas del Cristo. ¡¿Cómo iban a aparecer si las había quemado la Tata Ricarda?!

En memoria presente

He decidido desvelar ahora el secreto que acaban de leer porque en mi familia hemos considerado que ha pasado bastante tiempo de aquello, y que este era un buen lugar para compartirlo. El suceso no salió de la familia hasta ahora, esto lo sé con seguridad. La Tata y los demás tuvieron miedo desde que pasó todo. Ese pánico los acompañó toda la vida hasta que falleció la Tata Ricarda, y antes los demás. Ahora que ya no están, me parece un acto de memoria y de justicia traer sus experiencias aquí. Han pasado casi cien años y todavía en Sevilla, más en los entornos cofrades y en algunos ambientes artísticos, se sigue fabulando con lo qué pasó. Hay varias historias sobre esto, pero ninguna cierta. Lo que he contado es lo que pasó. Solo he omitido algunas responsabilidades ajenas a mi familia que nunca pudimos confirmar. Por ejemplo, la Tata contaba que cuando *el Moreno* y el Tío Antoñete regresaron de San Román aseguraban que ni el Cristo ni la Virgen se habían quemado, afirmaban que se los habían llevado. Entre otros argumentos, contaron que ellos habían hecho en la fragua una escuadra de hierro para arreglar una de las piernas del Señor de la Salud. La escuadra la llevaba siempre puesta, no se veía. *El Moreno* aseguraba que eso no ardía ni en tres días, que la buscó a conciencia en San Román y no apareció. Ellos dijeron saber quién había sido, aseguraban lo mismo cada vez que contaban la historia en la intimidad. Como nunca se ha podido confirmar lo que decían, las sospechas y el secreto se quedan, esto sí, en la familia. Aquí hemos resuelto uno.

V. Sonidos de violín en tiempos de posguerra

Este cuento forma parte de las andanzas protagonizadas por Antonio Martínez Santiago, apodado *Remolino*. Una parte relevante de su vida está contada en una novela inédita y sin publicar, escrita por su bisnieto Basilio García Clavero. Basilio la escribió porque su bisabuelo Antonio quiso contarle las aventuras y las desventuras relacionadas con su participación en la Guerra Civil española y en la Segunda Guerra Mundial, con el objetivo de que estos episodios no cayeran en el olvido familiar. Su vida da para más de un libro y varios manuales de resistencia. Cuando conversamos por primera vez sobre el manuscrito, yo todavía no lo había leído; fue el primo Eduardo, tataranieto del Yayo *Remolino* e hijo de Basilio García, quien me habló de él. Quedé muy interesado, aunque en un primer momento pensamos que tendría mejor cabida en otro lugar[1]. Con este acuerdo, la familia decidió enviarme una copia del mismo. Pocas (o todas las) palabras hay para agradecerles la implicación, el amor y el cariño, la confianza y el respeto que han demostrado durante todo el proceso de colaboración y coautoría.

[1] El Yayo *Remolino* será uno de los protagonistas del libro *Resistir para cantarlo. Habla, cuenta, canta el Pueblo Gitano II*, de próxima publicación en Akal.

De esta forma, he podido leer la novela en repetidas ocasiones. Créanme si digo que no sé la de veces que he exclamado «¡Vaya gitano!», «¡Vaya persona!», «¡Qué corazón!», «¡Qué historias tan impresionantes y silenciadas!». Sus experiencias contienen todos los ingredientes para que el libro deje de ser autoeditado y pueda ser publicado. Es más, si fuera accesible su lectura, estoy casi convencido de que sería del interés cinematográfico. Son sucesos reales que superan la ficción, por esto mismo presentan esa capacidad para captar la atención, entrar dentro de sus historias como si fueran nuestras, o sentir a los protagonistas de cada episodio como si estuviéramos allí con ellos.

El relato que viene a continuación es producto de una experiencia que fue real y vivida, narrada por el Yayo *Remolino* en primera persona. Es su voz la que rememora un suceso que le aconteció junto a un gitano francés apodado *Pequeño Louie*. Ambos regresaban de la Francia liberada de la ocupación nazi, donde habían participado activamente. Se encontraban en la provincia de Jaén, en los montes de Sierra Morena, de camino a Linares para reencontrarse con su familia después de muchos años de su huida. Era 1946.

La leyenda

Caminamos todo lo que quedaba de tarde, cuidándonos muy mucho de no encontrarnos con los civiles. Ya anochecido, vimos a lo lejos lo que parecía una fogata. Con cautela nos acercamos y descubrimos con alivio que se trataba de un hombre solo que asaba un conejo en el fuego. A pocos metros de él, tres borricos atados a un olivo comían perezosamente, y junto a ellos se apilaban tres bastas cargas de leña.

—¡Es un arriero! –dijo *Pequeño Louie,* susurrándome al oído–.

—¡Eso parece! –le contesté–. Pero será mejor que sigamos, no me fío mucho.

Dando media vuelta y procurando no hacer ruido, nos alejamos de aquel sitio. No pasado mucho encontramos una casa medio derribada y deshabitada, donde nos dispusimos a pasar la noche tras comprobar que no tenía inquilinos.

—¡Es estupenda! –dije sorprendido–.

—Sí, pero a mí me da un poco de miedo –dijo *Pequeño Louie*–.

—¡Venga ya! ¿Tú, que has visto tantas cosas, vas a dar tener miedo de una casa abandonada? No me hagas reír –le dije burlándome de él–.

—¡Qué sí, que te digo yo que esta casa no me gusta, que aquí hay algo raro, lo presiento…, esos cuadros me ponen la carne de gallina! –me dijo señalando a una pared que servía de rellano de la escalera que daba al segundo piso–.

La luz de la tímida Luna entraba por una pequeña ventana y se reflejaba en dos retratos que, como poco, les daba un toque tenebroso. En ellos estaban pintados un hombre y una vieja mujer vestidos de negro que, por la técnica empleada en la pintura, parecían que te siguieran con la vista. Tras ellos, de fondo, había una magnífica habitación ricamente decorada, y junto a la firma del autor aparecía una leyenda que decía: «Nadie sale de aquí» o algo parecido.

—Voy a subir al piso de arriba –dije a *Pequeño Louie,* mientras amartillaba mi escopeta–.

—¡Espera que voy contigo, yo no me quedo aquí solo! –me contestó apresurándose a seguirme–.

Los pocos fósforos que llevaba encima me sirvieron para mal alumbrar el camino hacia el piso superior. Por supuesto, yo no tenía ningún miedo a fantasmas o a espíritus, aunque sí temía que la casa no estuviera deshabitada como en un principio creíamos. Subí con cautela esperando cualquier sorpresa, aun sabiendo que tenía las espaldas cubiertas. La segunda planta nos pareció que estaba solitaria. Se abría un largo pasillo a nuestra derecha que parecía no tener fin, y la poca luz que daba la cerilla no alumbraba lo suficiente. A ambos lados de la pared había tres puertas, de las que solo una estaba cerrada. Las que estaban abiertas se veían desiertas, sin nada más que unas desconchadas paredes cubiertas de pintadas de «¡Viva Franco!», «¡Abajo la República!» o «¡Muerte al rojo!». Con la pata de una silla y un trozo de tela que quedaba de una cortina, hice una antorcha que nos sirvió para ver mejor. Las demás habitaciones abiertas se ofrecían en las mismas o muy parecidas condiciones; estaba claro que aquel sitio sirvió de cuartel general o plana mayor del fascismo antes de ganar la guerra y que fue abandonado por un lugar mejor.

—¿Lo ves? –dije a *Pequeño Louie*–. ¡Aquí no hay fantasmas, tan solo ha habido fascistas, que no es poco! Será un buen lugar para pasar la noche.

—Pues yo, la verdad, preferiría dormir en el campo. ¡Este caserón sigue sin gustarme nada! –replicó él mirando a su alrededor–.

—¡Pues mira, si así lo quieres, ya te puedes ir de aquí! –le contesté enfadado–.

—¡Pues eso es lo que haré! –me contestó también enfadado, y se marchó–.

Mi enfado, en vez de remitir, aumentaba cada vez más al pensar que desde que conocí a *Pequeño Louie* en aquella Francia ocupada por los nazis, solo había luchado por cuidar de él como si fuera mi propio hijo. Yo era consciente de que no solo se había marchado de allí por tener miedo a fantasmas; «¡En peores sitios hemos dormido muchas veces!» –me dije–, estaba claro que era porque ya decidía por sí solo. Un buen rato permanecí reflexionando en aquella habitación hasta que un lejano sonido de violín me alertó de que no estaba solo. Con la escopeta cargada, y dispuesto a disparar, salí despacio en busca de aquella triste melodía que había helado mi sangre. Revisé las habitaciones que había abiertas y en ninguna de ellas encontré nada que no fuera una fría soledad y abandono. Respiré hondo y me dirigí hacia la única en la que no había mirado, la que estaba cerrada. Tiré del pomo de la puerta y no funcionó, estaba cerrada por dentro. Acerqué mi oído para escuchar. De pronto, la melodía paró y un frío intenso se apoderó de mí. Aunque la idea no me gustaba lo más mínimo, armado de valor y de la escopeta di una fuerte patada que hizo saltar el cerrojo de la puerta. Entré a toda prisa encañonando todos los ángulos de la habitación. En el acto, me di cuenta de que se respiraba un fuerte olor a vela en el ambiente. De pronto, alguien salió de allí atropelladamente. Girándome hacia la puerta que quedaba a mis espaldas disparé fallando el tiro, que hizo un gran boquete en el marco derecho de la puerta:

—¿¡Quién anda ahí!? –pregunté mientras salía al pasillo sin obtener respuesta–. ¡Quien sea que esté que conteste, soy hombre de paz y no quiero problemas!

En el piso de abajo sonó un ruido como si alguien hubiera tropezado con algo y, por supuesto, bajé para comprobarlo, pero no encontré a nadie. De pronto, vi una butaca tirada en el suelo que yo recordaba de pie al entrar en la casa y, tras ella, una portezuela bajo un arco arabesco que aún no había visto. Cuando abrí la puerta, unas estrechas escaleras bajaban hacia lo que debía ser la bodega. Por si acaso no se trataba de un fantasma, cargué otro cartucho en la escopeta y bajé con cuidado de no escurrirme ya que la humedad había creado una *babilla* muy peligrosa en los viejos escalones de piedra. Tras pocos peldaños mi mano tropezó con una llave de luz que giré y que curiosamente funcionaba, aunque con una tenue y muy pobre luz para dejarme ver dónde tenía los pies. Mi sospecha se disipó cuando me encontré en la bodega. Esta, también iluminada pobremente, era bastante grande y olía a maderas viejas. En la parte derecha, unas cubas de vino yacían literalmente desparramadas por el suelo, la mayoría hechas añicos y un par de ellas juntas de pie. En la parte izquierda de la bodega, un gran botellero vacío cubría toda la pared que al final remataba en una barra de madera, como en las ventas o en los mesones.

—¡Salga quien sea que esté ahí o disparo! –dije encañonando en dirección a la barra–.

—¡Está bien, pero no dispare por favor! –contestó una voz temblona–.

—¡Qué salgas de ahí he dicho, y con las manos en la cabeza! –repetí con voz firme–.

Muy lentamente comenzaron a salir de detrás de la barra unas manos seguidas de una cabeza que se pararon a unos seis o siete centímetros por encima del mostrador de madera.

—¿Quieres salir de una vez o te pego un tiro? –dije apuntándole con la escopeta–.

—¡No, si ya he salido! –me contestó una voz temblorosa y aguda–.

—¡Sal aquí, donde yo pueda verte bien! –dije haciéndole señas sin bajar el arma–.

De allí detrás salió un hombre de muy poca estatura. Estaba bien vestido y luciendo un fino y lustroso bigote. Me preguntó si podía bajar las manos y le contesté que sí.

—¿Quién eres y qué hace aquí? –le pregunté–.

—Soy José Luis de Vilarar, marqués de Vilarar, y esto es lo que queda de mi casa y de mi marquesado. ¿Y usted? –me preguntó–.

—Yo soy Antonio, y solo voy de paso. Pero, dígame, ¿por qué huía de mí?, ¡me ha dado un susto de muerte! –le dije bajando el arma–.

—Pues anda que usted a mí, ¡si me pilla ese tiro me deshace! –contestó secándose el sudor que corría por su cara–. Si lo desea nos podíamos sentar a charlar un rato, ¡hace tanto tiempo que no hablo con nadie! Creo que tengo algo de vino por ahí escondido. Así nos conocemos mejor.

—¡Vale! –dije con agrado–.

De detrás de la barra sacó una botella que puso sobre una cuba de vino y me invitó a sentarme, arrastrando hasta la cuba una banqueta alta a la que se subió con la destreza de un gato causando mi sorpresa.

—Tiene mucha agilidad –le dije–.

—Sí, con mi estatura o causas sorpresa o aguantas las risas de la gente, a veces las dos cosas, pero ya estoy acostumbrado –señaló mientras descorchaba la botella– ¡Vaya, me he olvidado de los vasos! –dijo bajando de un brinco–.

—Si quiere voy yo –le propuse–.

—¡No, no, ya voy yo, además usted es mi invitado!

Su divertida forma de andar, sumada a la voz aguda parecida a la de un niño, le daban un aspecto gracioso. Si a ello se le añadía aquella elegante forma de vestir y aquel bigote, parecía, o me parecía a mí, un infante de aquellas antiguas postales que simulaban ser adultos y que, por lo general, iban acompañados por una niña también vestida de mayor.

—Bueno, ya está –dijo subiendo de nuevo a la banqueta–.

—¿Es de la tierra? –pregunté mientras servía el vino–.

—Si se refiere a que si es de Andalucía, sí lo es –dijo alzando el vaso–.

—Es el mejor de mundo, ¿no cree? –pregunté, a lo que contestó que prefería el Rioja–.

—Y, bueno, dígame una cosa, ¿cómo ha dado con la casa?, como verá no está cerca de ningún camino y no es fácil llegar a ella –dijo en un tono que a mí me pareció misterioso–.

—La verdad es que he dado con ella por casualidad. ¿Y cómo es que usted vive aquí? Porque la verdad es que la casa está un poco descuidada –pregunté–.

—¡Esta era una casa magnífica, créame! Luego llegó todo ese lío de la guerra, y mamá y yo nos marchamos a Roma donde estuvimos viviendo con unos familiares. En ese tiempo supimos que la casa había sido requisada por los milicianos y, más tarde, por los soldados del actual gobierno. Al vencer Franco, mi madre y yo decidimos volver para reclamar nuestro derecho sobre la casa, pero la pobre mamá murió antes de poder llegar a España. Cuando llegué y vi que había sido saqueada, que habían robado todas las pinturas, las porcelanas, tapices, alfombras y, por supuesto, la bodega donde había valiosos vinos, me dije a mí mismo que no valía la pena reclamar. Desde entonces vivo aquí oculto haciendo creer a los que se despistan como usted que la casa está encantada.

—¿Y por qué no la arregla? Seguramente no recuperará las pinturas o los vinos, pero por lo menos tendrá un buen sitio donde vivir.

—Sí, tiene razón, pero es que soy bastante apocado. Mamá sí que la hubiera arreglado todo en un abrir y cerrar de ojos. Ella era un torbellino. Pero, míreme, ¿usted cree que alguien puede tomarme en serio? –dijo con tristeza y resignación–.

—Si se refiere a su estatura, le diré que está equivocado. Yo, por ejemplo, no mido a los hombres por su tamaño, sino por su corazón e inteligencia. Y, como yo, hay mucha gente que piensa igual. Pero también le digo que el valor no se demuestra asustando a gente inculta ni escondiéndose en recuerdos ya pasados, porque creo que el futuro puede ser interesante. ¡Haga la prueba, y ya verá como todo le va mejor! –le dije animadamente–.

Con el ánimo cargado y mucho más relajados, quizá por el vino, empezamos a bromear sobre los pobres aldeanos que el pequeño marqués había aterrorizado. Me enseñó toda la casa. Realmente tuvo que ser magnífica, pero, en el estado en el que se encontraba, para intuir cómo había sido era necesario utilizar grandes dosis de imaginación.

—¿Y cómo se alimenta? –pregunté–.

—Es difícil. Suelo cazar, ya sabe, perdices, codornices, pajarillos. Todos con trampas que pongo cerca de la casa. Por aquí siempre hay bastantes bichos de esos. Y hortalizas que recojo de un huerto que yo mismo he cultivado en el jardín de atrás. Nada, poca cosa, pero para mí solo tengo de sobra.

El marqués siguió enseñándome la casa y recordando viejos tiempos. Pero la noche avanzaba y el sueño se apoderaba de mí.

—Aquí dormirás bien –me dijo acomodándome en una de las habitaciones vacías–. ¿Te servirá este colchón viejo? Es viejo pero muy bueno.

—¡De sobra! ¿Y usted dónde va a dormir, en su habitación?

—No, yo no suelo dormir mucho. Pero no se preocupe por mí y descanse.

—Muy bien. Pues buenas noches.

Tardé bastante en quedarme dormido. La noche había sido movida y no dejaba de pensar en la *pelea* que *Pequeño Louie* y yo habíamos tenido. Sin duda, aquel incidente le habría hecho volver a la venta donde comimos el día anterior, para ver a la joven ventera. Esto era posible, pero también me preocupaba por su seguridad, ya que para mí era como un hijo y no podía remediar pensar en si le había ocurrido algo malo. Aun así, me dije a mí mismo que ya era mayorcito para cuidarse solo y que al día siguiente iría a buscarlo. En esto me quedé dormido. Fue el *Pequeño Louie* quien me despertó por la mañana:

—Despierta dormilón –me dijo suavemente–.

—¿Qué hora es? ¿Y tú qué haces aquí? –le pregunté desperezándome–.

—Son las diez y vengo a que me perdones. Anoche me porté como un crío. Te he traído fruta y queso para que desayunes, son muy dulces –dijo mostrándome unas brevas que me dispuse a comer–.

—¿No has visto a nadie en la casa? –pregunté mientras probaba el queso–.

—¿Es que hay alguien? –dijo mirándome un poco extrañado–.

—Sí, pero no es un fantasma, es el dueño de esta casa, aunque se suele esconder de la gente. Es bastante curioso, ya verás.

Llamándole a voces lo busqué por toda la casa sin recibir respuesta alguna. Miré en la bodega, en la habitación cerrada, incluso en el jardín de atrás, donde tendría que estar el huerto que no vi, que estaba totalmente abandonado.

—¡No puede ser, si anoche mismo he tomado vino y he charlado con él! ¿Dónde se habrá metido? –dije en voz alta–.

—¿Pero de quién hablas? –preguntó *Pequeño Louie*–.

—Pues ¡de quién va a ser! Del dueño de la casa, del marqués de Vilarar. Toda la noche la he pasado con él hablando de cosas como cuando perdió a su madre, y cómo estaba viviendo actualmente. Yo mismo le di varios consejos sobre echarle valor a la vida y cosas así. ¡Por eso no entiendo dónde se puede haber escondido este hombre! –contesté irritado–.

—Ven, te tengo que contar algo mientras caminamos –dijo mi compañero echándome un brazo por encima–.

En silencio y algo decepcionado salí con *Pequeño Louie* de la casa. Él, ante mi asombro, y por primera vez que yo supiera, se giró y, mirando hacia atrás, se santiguó.

—Haz lo mismo –me dijo al ver mi cara de asombro, y yo, sin saber muy bien por qué, también me persigné–.

En silencio seguimos nuestro viaje en busca de mis familiares. El calor era insoportable y *Pequeño Louie* no decía ni media palabra, por lo que decidí sacar yo la conversación:

—¿Dónde has pasado la noche? En la venta, ¿no? –le pregunté sin andarme por las ramas–.

—¡Sí!

—¿Sí? ¿Solo vas a decir sí o no, después de irte de la casa de aquella forma? Por lo menos podrías haberme dicho que querías dormir con la chica y no dejarme así, ¿no crees? ¿No he sido como un padre para ti? Porque si no recuerdo mal, no fui yo quien te obligó a estar conmigo cuando pudiste regresar a Francia o simplemente quedarte en el Valle de Arán, ¿no crees? ¿No crees que me debes una explicación?

—Sí, y te la pienso dar. ¡Sentémonos! –me dijo–. En efecto me porté mal anoche, tienes razón. De hecho, te he pedido perdón por ello. Lo primero es que aquella casa no me gustaba. Lo segundo es que he pasado la noche con la chica de la venta y ha sido una experiencia maravillosa.

—¿Por qué no me lo dijiste? ¡Yo lo hubiera comprendido y no hubiera sido necesario discutir!

—¡Porque no estaba pensado! Habíamos estado juntos por la tarde, pero, al salir de aquella casa, sin saber por qué, regresé a la venta. Y ella me contó una historia que es muy interesante y te gustará escuchar si me dejas contártela.

—¡Adelante! –le dije–.

—Es sobre tu marqués. La chica de la venta me contó que esa casa era de una gran señora que poseía casi toda esta región. Un buen día empezaron unos rumores por parte de algunos de sus trabajadores que decían que la señora estaba embarazada. Un capitán italiano del que ella estaba perdidamente enamorada y en nupcias para casarse, al saber de la noticia del embarazo la abandonó. Ya nunca más se volvieron a dar fiestas en la casa, ni siquiera bajaba al pueblo a misa. Dicen que estaba recluida en la casa y que intentó en repetidas ocasiones abortar aquel embarazo no deseado. Despidiendo a todo el servicio, que era bastante numeroso, tan solo se quedó con una vieja ama de llaves que le ayudó a dar a luz. El niño nació con una extraña malformación que dejó aún peor a la marquesa, por lo que decidió irse al extranjero con el niño y la vieja ama. Durante más de diez años no se supo nada de ellos. Un buen día, la marquesa de Vilarar y su hijo volvieron, y la casa recobró una gran actividad. De nuevo contrataron a gente para el servicio y jornaleros para el campo, y en época de cosechas se hacían grandes fiestas en las que participaba todo el pueblo. El marqués era un joven de muy baja estatura y muy alta cultura que, aunque servía de burlas para las gentes del lugar, era querido al mismo tiempo por su extraordinario corazón. Dicen que tenía una facultad innata para la música, hablaba varios idiomas y gozaba de gran agilidad. Todo era felicidad en aquella casa, hasta que un día la marquesa amaneció muerta en su cama. Todo el pueblo estuvo en el entierro para despedir a la buena marquesa y apoyar en su dolor a su hijo, que quedó destrozado. Pasados tan solo dos días, sonó un disparo en la casa que alertó a todo el servicio, encontrando al marqués en su despacho muerto de un disparo en la cabeza. Después de eso, la casa se cerró de nuevo hasta que fue ocupada por militares republicanos, primero, y, más tarde, por los fascistas, que en ambos casos huyeron de la casa diciendo que estaba embrujada. Los lugareños aseguran que lo está por el espíritu del marqués. Esa es la historia que me ha contado la muchacha de la venta y que, por lo visto, todo el mundo conoce aquí.

La historia de *Pequeño Louie* me dejó callado largo rato. No daba crédito a aquel cuento, prefería seguir creyendo en lo que aquel hombre me contó y en lo que yo mismo pude ver.

Pero si algo era cierto, es que por más que lo busqué en la casa no lo encontré, y tampoco vi el pequeño huerto que tendría que estar detrás del jardín. *Pequeño Louie* me dijo de ir al cementerio del pueblo para ver que estaba en el panteón familiar, cosa que rechacé.

Nos levantamos y seguimos nuestro camino.

VI. Los dulces de Rosario Vega

Este breve relato lo cuenta el Tío José Lérida Vega. Su presencia aquí es, ya de por sí, un acto de protección y de reconocimiento. Para las familias gitanas de Sevilla y de Triana representa un tesoro vivo que nos conecta con genealogías y episodios de una época no tan pasada. Es uno de los sabios que todavía nos quedan de aquella generación de gitanos y gitanas nacidos en los años de la posguerra. Entre otras, tiene la capacidad para acordarse de muchas anécdotas y experiencias vividas, que no han sido pocas. Su conversación es exquisita, fluida y amena, sabe llevar los ritmos y el compás de la narración. Posee el recurso de la memoria y el don para traer las experiencias pasadas al presente, por lo que es un buen *contador de historias.* De aquí nuestro interés y motivación en que apareciera en estas páginas, aunque aquí se pierda su tono de voz, su ange, o cómo acompaña lo que cuenta haciendo compás en la mesa con los nuíllos. El Tío José desciende de artistas, de fragüeros, de cofrades y de toreros, de aquí que los acontecimientos y anécdotas sobre los que más incidió estuvieran relacionados con los ámbitos que más conocía desde muy niño. Sin embargo, aunque participó en varios espectáculos flamencos, no se dedicó a ello profesionalmente, sino que toda su vida trabajó llevando dos tabernas: El mantoncillo de Triana y El Altozano (en referencia a la plaza situada en el barrio trianero).

Nos encontramos una mañana de mayo de 2024, en Camas, pueblo de Sevilla donde reside actualmente. Iba vestido con pantalón blanco y una camisa de lino también blanca con los primeros botones de arriba desbrochados; olía muy bien. Tras los saludos nos fuimos a tomar un café, nos preguntamos por las familias y seguidamente me invitó a que le explicara de qué trataba el libro. Tras resumirle las ideas principales que motivan esta recopilación y el porqué de su presencia en ella, el Tío José, que como digo conoce muchas historias, comenzó a hablar sin centrarse en un único relato. Casi de seguido y sin pausa, saltaba de una a otra. Contó varias anécdotas graciosas protagonizas por el torero trianero Joaquín Rodríguez Ortega, apodado *Cagancho,* en sus innumerables andanzas por México. Relató varios momentos chistosos, y otros muy serios, protagonizados por artistas con los que había compartido vivencias directas. Expresó la teoría de que Filigrana es el único apellido gitano en España. Apuntó varias certezas y otras tantas dudas acerca de la presencia gitana en Andalucía y en la península ibérica antes de lo que ponen los libros de historia, porque tuvo acceso a un documento localizado en el Archivo de Jerez que fechaba la presencia de gitanos en esta ciudad en el siglo XIII. Nombró brevemente a las cigarreras y a las gitanas ceramistas, ya que varios familiares directos habían trabajado en la Fábrica de Tabacos de Sevilla y en las distintas fábricas de cerámica ubicadas en el barrio de Triana, hasta finales de los años veinte del pasado siglo. También describió algunas curiosidades que hablaban de la posición pasada y actual de las familias gitanas en la Hermandad de Los Gitanos de Sevilla.

Cuando nos despedimos, estas experiencias anteriores fueron las primeras que me rondaron por la cabeza como posibles historias. Cuando llegué a la casa y realicé la transcripción de la conversación, todas las que había relatado me parecieron muy interesantes. De entre ellas, al releer las anotaciones caí en la cuenta de que durante el encuentro nombró casi de pasada a una familiar suya llamada Rosario Vega. Me llamó la atención porque yo sí que conocía a los protagonistas de las historias que contó, pero no sabía quién era la Tía Rosario Vega. Lo curioso es que, indagando en los entronques familiares, tanto el Tío José como yo estamos emparentados con ella. Esto muestra hasta dónde puede llegar el efecto de la pérdida de las memorias y la importancia de que no caigan en el olvido, desvela la relevancia vital y existencial que tiene junar a los viejos y a las viejas. Volví a escuchar esa parte de la grabación. Intrigado, busqué por internet y solo encontré un dato: hay una calle en Triana que lleva su nombre. Pensé que si tiene una calle, es porque fue conocida, o reconocida, por algo que hizo o en lo que destacó. Decidimos entonces que su presencia en estas páginas era un acto justo de recuperación y (breve) reparación de su memoria y de nuestras memorias. Esto es lo que contó el Tío José:

Rosario Vega tiene una calle en Triana, creo que desde 1972, y fíjate que desde entonces ningún gobierno municipal la ha cambiado. La cosa es que casi nadie sabe quién era. Ella venía de la familia de *los Culatas,* artistas y fragüeros. En la calle Pagés del Corro de Triana, donde antes estaba el Monte Pirolo, su familia tenía una fragua. Yo no llegué a conocerla, pero mis mayores sí se acordaban de ella, por eso algunos viejos sabemos quién era. A sus hijos Enrique y Pepe sí que los conocí. Entonces, ella hacía y vendía buñuelos y churros que eran muy famosos en toda Triana. Cuentan que muchos iban al corral de vecinos donde vivía a comprarle los dulces; a veces también los vendía por la calle llevándolos en un canasto. Total, que en su momento se hizo famosa y no solo en el barrio, por eso seguramente le pusieron la calle. Pues bien, resulta que la Feria de Sevilla antes se celebraba en El Prado de San Sebastián y no en Los Remedios, como ahora. El día antes de que comenzara la Feria, antes del alumbrao de la portada, el rey Alfonso XIII daba una fiesta enorme donde reunía a la aristocracia sevillana, a otras familias *bien* de los alrededores y de otras partes de España que venían a pasar la semana. Por lo que se ve, estas fiestas se alargaban hasta el día siguiente o incluso más.

¿Qué pasa? Que el rey era muy achuchón, le gustaban los dulces. Así que la primera vez que vino a la Feria pidió que le trajeran buñuelos con chocolate. Quedaba poco para que amaneciera, y ante la petición de Alfonso XIII hubo que buscarle unos buñuelos. Ahí fue cuando los mandaos del rey trajeron a Rosario Vega. Seguramente, irían a donde se ponían las gitanas antes a hacer los dulces en la Feria, lo que hoy llamaríamos el Patio de Buñuelos con sus seis casetas y sus seis puestos de cada color. Lo que sí sabemos, por lo que cuentan los gitanos y las gitanas mayores, es que le encantaron y los devoró. Tanto le gustaron que al año siguiente al repetir la fiesta y volver a pedir buñuelos con chocolate, alguien le trajo unos que no eran los de Rosario. El rey lo detectó enseguida, no solo por la ausencia física de la buñolera, sino por el sabor y la textura; al primer bocado exclamó:

—¡Estos no son los buñuelos que comí el año pasado! Quiero que venga la señora que los hizo la otra vez. ¡Es ella quien tiene que echar el azúcar, que es la que sabe!

Y allí que se presentó la gitana en la fiesta por segunda vez. Desde entonces, hasta que vino la Segunda República en 1931, ella era la encargada de llevarle los dulces no solo en la Feria, sino también cuando el rey venía a Sevilla para lo que fuera.

Aquí se dice que la nombraron *Buñolera real,* que por eso tiene sentido lo de la calle, aunque también se comenta que pudieron ser los gitanos de aquella época quienes le dieron el *título*. Hay una anécdota que me contaron los más viejos de la Tía Rosario Vega, que como digo era la mare de *los Culatas,* los cantaores Enrique y Pepe. Pues bueno, un día en misa estaba ella allí escuchando y al cura no se le ocurre otra cosa que decir:

—*Mater Inmaculata* –es decir, «Madre Inmaculada»–.

Entonces, Rosario, dando un brinco comenzó a gritar:

—¡¿Qué ha hecho mi *Culata*!? ¡¿Quién lo quiere matar!?

La probe creía que el cura había dicho que había que matar al *Culata.* La pena es que de esta gitana no se sabe mucho, su historia se va a perder, los más jóvenes no saben quién fue, aunque tenga la calle. Con la expulsión, con el pogromo contra las familias gitanas de Triana, su historia está escondida, ausente o está pendiente de escribirse, y ya los que quedamos conectados con esa época somos cada vez menos y más viejos. Si no nos hubieran echado de Triana y no nos hubieran desperdigao por todos sitios, hubiéramos podido sentarnos con los gitanos mayores de aquella época a escucharlos para que nos contaran las historias de la Tía Rosario Vega, y así no se hubiera perdío casi completamente su memoria.

VII. José *el Libro* y la novela perdía

Este relato es producto de los encuentros no previstos que se han producido en este proceso colaborado. El interés por que no se pierdan historias de familiares directos ha actuado como hilo conductor entre los protagonistas de los textos que aquí pueden leerse. Es decir, en las conversaciones producidas para elaborar este libro, los primos y las primas, los Tíos y las Tías todas sin excepción, mencionaban a otros miembros de la familia y de otras familias que «tenían muchas cosas interesantes por contar». Este caso tampoco es una excepción. Extiendo un poco más la explicación para entendernos. Los romances y las nanas son dos de las composiciones contadas y contadas que entendí desde un primer momento que tenían que formar parte de esta selección, ya que en nuestras casas son formas habituales de transmisión cultural. Pensé en las abuelas, en las mares y en las primas que tienen niños y niñas pequeñas. Por este motivo llamé a Sebijan Fejzula, para comprobar si le cantaba alguna nana a su hija Sofía. Resulta que sí, aunque en un primer momento no fue ella quien me lo dijo. Como no pude contactarla, lo intenté con su pareja, el padre de Sofía, Cayetano Fernández Ortega. Él fue quien me confirmó que la prima Sebi le cantaba una nana a Sofía cuando se iba a dormir que veremos en el capítulo siguiente. En esta conversación le pregunté si quería participar con alguna otra historia familiar. Casualmente o no, se cumplía otra de las características que presenta este primer volumen: su interés por rescatar, recuperar, extender sucesos de familiares (o de familias) que están muy cerca de perderse para las nuevas generaciones. Algunas incluso están pendientes de seguir siendo investigadas, porque no están cerradas y porque tienen algo detrás que las hace interesantes. Esto se ha cumplido sin excepción en este trabajo. De estas conversaciones y de estas motivaciones procede la siguiente historia contada por Cayetano Fernández Ortega:

Tengo a mi bisabuelo, que yo no lo conocí, a José Parra Salazar y le llamaban *El libro,* y tuvo que ser una persona muy curiosa, con muchas ganas de aprender y dejar atrás los estereotipos y los prejuicios que pesaban sobre los gitanos. Toda la familia de mi bisabuelo vivía en Lucena (Córdoba). Las monjas le dieron un terrenito y allí se construyeron la casa. Según su hija, mi bisabuelo, aprendió a leer y a escribir solo, sin ir a la escuela. Seguramente por necesidad porque le era útil para el chalaneo, aunque también tuvo que haber un interés suyo más allá del desempeño profesional. Y digo esto porque él se dedicaba a la trata de animales en las ferias y siempre iba con un libro en la mano. No sabemos cómo se titulaba ni de qué trataba, ni si llevaba siempre el mismo. Mi abuela sí que sabría cuál era o cuáles eran esos libros para que a mi bisabuelo lo apodaran así, aunque nunca lo dijo. Hay mucho misterio en torno a su figura, algo debió de pasar y no se cuenta en la casa. Su historia casi se pierde cuando falleció mi abuela, y es una pena. Ahora estoy intentando rescatar todos los datos posibles. Con las anécdotas que voy recuperando parece que su vida tuvo que estar llena de curiosidades y sucesos interesantes. De hecho, recientemente, hace poco me enteré de que era masón (¡¡!?) y algunos en la casa no teníamos ni idea. Me lo contó un primo de Tarifa (Cádiz), cuando un día hablando de José *el Libro* dijo que recordaba algunas experiencias que los viejos contaban de mi bisabuelo, como que un primo suyo y él se disfrazaron de masones durante el franquismo y salieron así vestidos a la calle. De esto no teníamos noticias. Fíjate, durante la dictadura un gitano, ¡bueno, dos!, disfrazados de masones con lo que eran en esa época tanto con los gitanos como con los sospechosos de masonería: cuando, además, si queremos decirlo con guasa, no eran días de Carnaval.

Y no queda ahí la cosa. Recientemente he sabido que, cuando falleció, encontraron en su casa una biblioteca con muchos volúmenes, sobre todo de autores rusos. Gitano, disfrazado de masón y ahora lector de una biblioteca de autores rusos. ¿De dónde sacó mi abuelo esos libros? ¿Cómo llegaron a la casa y con qué interés? ¿Por qué la mayoría eran de literatura rusa? ¿Los tenía antes de la Guerra Civil o ya estaban en su casa cuando era pequeño y los escondió hasta el final por el peligro de que lo descubrieran? A lo que sí podemos responder es que si alguien se entera de esto en plena dictadura franquista, nos quedamos antes sin bisabuelo. Es todo muy extraño, y en esos interrogantes estamos. Y hay más de estos datos inconexos que estamos intentando unir, por ejemplo: sabemos que mi bisabuelo escribió un libro, esto es seguro porque mi abuela lo vio, lo tocó, lo *leyó* y nos lo contó. Es más, recuerdo verlo en manos de mi abuela haciendo de trovadora. Aun así no sabemos si lo de José *el Libro* viene porque siempre llevaba su manuscrito en la mano, aunque me extraña que fuera ese mismo por lo que voy a contar ahora. También me resultaría extraño que en esa época fuera con un libro de autor ruso paseando por la calle, en las tratas o yendo a las ferias de ganado. Qué libros pasearía, como digo, de momento tampoco lo sabemos. En la familia llevamos años buscando la novela que escribió, tiene que estar por algún lado, bien escondida. La abuela nos aseguró que su papa no la destruyó, así que habrá que inspeccionar más a fondo su biblioteca o pensar en otras vías de búsqueda. Varios de los familiares con los que he podido hablar hasta ahora saben de la existencia de la novela, aunque nadie sabe dónde puede estar. ¿Habrá algún silencio familiar con respecto a esto que desconocemos los más jóvenes?

Estos datos e interrogantes dan para una historia más que interesante; un tratante que lee y escribe en ese momento, que escribe un manuscrito que acabamos perdiendo. Lo único que sabemos hasta ahora es la trama, el tema central, de lo que va la historia: una hermana de mi bisabuelo que la separan al nacer y que al hacerse mayores, no sabemos cómo, se conocen y se enamoran. Fíjate, algo como un *Romeo y Julieta.* Vamos un historión que no sé qué más habría ahí detrás. No sé si la familia no le dio valor a eso y acabamos perdiendo la novela donde lo explicaba todo, o es que lo que se contaba ahí era mejor que no trascendiera en el seno familiar ni en el pueblo. ¡Fíjate qué historia por rescatar! Seguro que mi abuela sabría algo más y no lo contó. Digo esto por lo siguiente, ella no sabía leer ni escribir, sin embargo, y de esto sí me acuerdo vagamente porque era muy pequeño, los veranos nos sentaba a todos los chavorrillos en la calle y ella hacía como que leía el libro escrito por su pare. Allí la escuchábamos atentamente, aunque por la edad ninguno de mis primos y yo nos acordábamos de qué es lo que contaba; hablamos de esto de forma continuada y no conseguimos recordar, tampoco estamos seguros de que la abuela relatara precisamente lo que sabía que ponía en la novela de su papa. Nuestros pares, nuestras mares, nuestras Tías y Tíos también suelen contestar con el silencio u optan por referir pasajes vivenciales que no hacen referencia al tema del libro. En todo caso, rehúyen entrar en los posibles motivos por los que mi bisabuelo sintió la necesidad de escribir la novela, menos aún, hablan, dicen o ¿saben? dónde puede estar. Esta selección me ha motivado a continuar con la búsqueda de la novela, porque es una pérdida irreparable ir sumando episodios borrados a nuestras historias familiares, a nuestras memorias como gitanos. Por esto, tengo que recuperar también algunas de las historias que contaba mi abuela, la hija de José *el Libro.* Tengo la esperanza de que esta selección de cuentos gitanos pueda ser leída por muchas personas, que llegue a muchos primos y primas, a los Tíos y a las Tías, así tal vez alguien pueda encontrar conexiones o sepa algo de esto que he contado porque conoció a mi bisabuelo o a mi abuela, o a la hermana *Julieta* de la que hablaba su historia.

VIII. Nana a Sofía

Las nanas son una de las composiciones contadas y cantadas que aparecen con más asiduidad en diferentes grupos culturales de todo el mundo. También llamadas canciones de cuna, suelen ser un recurso habitual para dormir a los bebés y a los más pequeños. En la cultura romaní y para sus diferentes identidades, las nanas han sido utilizadas por las mujeres desde que se pierde el rastro de nuestras memorias familiares. Es por esto que decidimos incluir una de ellas en esta selección. Hay que admitir que la decisión no fue sencilla. Nuestra idea no era recoger una nana que ya estuviera publicada en disco, en libro o en otro tipo de soporte, que de estas hay una representación amplia y accesible por internet. Más bien, teníamos interés en compartir una que no hubiera salido del ámbito privado, y emergerla de sus círculos de transmisión familiar. Los motivos para acordar la presencia de la nana que viene a continuación son varios y comprenden algunas singularidades con respecto a las que forman parte del acervo artístico gitano en España. Se origina en una familia romaní procedente de Macedonia y se traslada a Andalucía, a Córdoba para ser más exactos. Está cantada en romanés. Su particularidad muestra la transnacionalidad, es decir, la capacidad de estas producciones culturales para atravesar fronteras. Asimismo, su relevancia y posibilidad de transmisión reside en los lazos firmes entre cuerpos, sonidos y memorias expresadas en presente. Cuando conversamos y propusimos a la prima Sebijan Fejzula (mama de Sofi) su aparición en este formato escrito, tuvimos en cuenta estas consideraciones anteriores. Rescatamos algunos fragmentos de los diálogos mantenidos para esta ocasión.

Sebijan Fejzula. Esta nana se la canto a la Sofi todas las noches, porque a mí me la cantaban de pequeña. Mi mama me la cantaba a mí, mi abuela se la cantaba a mi mama, y lo mismo hacían con sus hijos mis tías y mis primas. Y es curioso que mi abuela por parte de mi papa se la cantaba también a él y a sus hermanas, a mis tías paternas. Es decir, que esta nana se canta en mi casa a los bebés desde generaciones, no sabemos desde cuándo. Con esta nana hemos crecidos mis primos, mis sobrinos, todos nosotros, y ahora lo mismo con Sofi y sus primas.

Iván Periáñez. Qué alegría que hayáis decidido compartir este tesoro familiar. Cuando la Sofi y sus primas se hagan mayores, tengan niños o no los tengan, siempre será un lugar al que pueden recurrir, donde puede encontrarse (de otra forma) con su mama y con sus antepasados. Además, en tanto que memoria romaní, también tiene posibilidades de ser útil para otros primos y primas, o para otras personas interesadas en estos temas del parentesco, el cuidado, la lengua, la transmisión intergeneracional y otras relacionadas con nuestras identidades.

S. F. Sí, primo Iván. De hecho, es así. Ya sabes cómo va todo ahora de rápido, cómo han cambiado el cuidado de los niños, los tiempos distintos a los que tenían nuestros pares y nuestras mares. Ahora todo se hace corriendo, hay que hacer muchas cosas a la vez para sacar la familia adelante. Yo siempre intento enseñarle a la Sofi los valores que tanto al Caye (su pareja, el papa de Sofi) como a mí nos enseñaron en nuestras casas. Porque en mi caso, como te digo, aún con las prisas de todos los días, el tiempo que paso a diario con Sofía es innegociable. Por eso, como te digo, le canto la nana todas las noches. Como su abuela y su bisabuela viven en Macedonia, es una de las tantas formas de mantenernos conectadas. Aunque lo que dices de dejarla aquí guardada o protegida tiene su sentido, porque yo no recuerdo la nana entera. Es más, voy a preguntarle a mi mama y a mi abuela, que ellas sí que se acuerdan. Así este trabajo que estamos realizando nos sirve a todas.

I. P. Ese gesto de tener que hablar con tu mama y tu abuela, de traer la memoria de nuestros mayores al presente, es uno de los motores de esta selección. Y si encima le sirve a Sofía cuando sea mayor, es para estar más que contentos; fíjate lo importante que es para nosotras que ella pueda incorporar aquello que tú no recuerdas y que vas a recuperar de nuestras sabias. Esto es un acto contra el olvido y el borrado de nuestras memorias. Y no tener memoria implica la pérdida irreparable de lo que hemos sido y somos. Me parece muy importante lo que hacéis y lo que vas a hacer.

S. F. Realmente es un patrimonio que se ha guardado, que lo han mantenido las mujeres gitanas. Las mamas, las abuelas, las bisabuelas, las tatarabuelas, todas ellas fueron y son las que cantan la nana a los niños y a las niñas. Además, aunque las nanas no son complejas en su estructura escrita ni musical, es casi mágico ver cómo tiene unos poderes, unas cualidades que, diría yo, son casi medicinales, relajantes, tranquilizantes, balsámicas. Es increíble cómo la Sofi, cuando empiezo a cantarle la nana, ya sabe que tiene que entrar en el estado de dormir. Ella sabe que ya tiene que dejar de jugar o si está haciendo otra cosa, ella sabe que cuando suena la canción tiene que ir a dormir. Es increíble como ella se relaja cuando comienzo con la nana. Nos lleva a las dos a otros tiempos y memorias, nuestros cuerpos entran en una calma difícil de explicar. Es increíble, es mágico, es fabuloso ver los efectos que esta composición ha tenido y sigue teniendo para las mujeres de mi familia. Si quieres te la canto en romanés y en español —deseando escucharla, contesté que sí—.

Nani, nani, Sofi,
ka sovel mi Sofi,
ka bajrol mi Sofi.
Nani, nani, bebe,
te bajrove mange,
te pujrove mange,
nani, nani, bebe.

Nani, nani, Sofi,
mi Sofi se va a dormir,
mi Sofi va a crecer.
Nani, nani, bebé,
tú vas a crecer,
tú te harás vieja,
nani, nani, bebé.

IX. Recuerdo de otra Nochebuena gitana

El cuento que viene a continuación tiene para nosotros un valor entrañable. Está contado por el Tío Pedro Peña Peña, Pedro *Bacán*. El texto lo escribió siendo muy joven, cuando apenas tenía cumplidos los 23 años de edad. Nació en 1951 y nos dejó en 1997. La familia lo ha mantenido guardado desde 1973 hasta ahora. Esta es la primera vez que se publica, que se comparte de forma extendida con el público. Está escrito en tinta negra, con una extensión de dos cuartillas dobladas en forma de libreta, con muchas correcciones que dificultaron su lectura y transcripción. La habitación en la que se encuentra el relato está repleta de objetos y otros escritos que prueban su excelente trayectoria artística y compositiva. Muchos de ellos son inéditos y abordan temáticas y estilos variados: poesía, relato y ensayo son los formatos más utilizados; la Gitanidad, la familia, la multiculturalidad y la interculturalidad, las relaciones humanas y la paz, el cante, el baile y el toque gitano, comprenden los ejes temáticos que ocuparon su sentir y su conocer. Tío Pedro era tímido, era humilde y no se posicionaba delante de nadie; sabía escuchar y hablaba cuando había que hacerlo. Tal vez por esto, la mayor parte de sus escritos siguen inéditos o ausentes más allá del ámbito familiar, y es un poco triste; he leído varios de ellos y considero que hay material más que suficiente y de calidad para elaborar un libro de ensayos.

Con motivo de esta selección me reuní en varias ocasiones con su hijo, el primo Bastián Peña. En su casa, comenzamos a buscar alguna composición. Había muchísimas, tantas que fue complicado elegir una. Al cabo de unas horas decidimos parar un momento y salir al jardín a tomar el fresco. Llevamos algunas de las cajas para afuera y las dejamos encima de una mesa situada en el porche de la entrada. Nos sentamos y me preguntó:

Bastián Peña. ¿Qué te pasa?

Iván Periáñez. Lo mismo que a ti –dije mirándole a sus ojos también llorosos–.

B. P. Ya, es muy fuerte todo lo que tiene aquí y casi nadie lo sabe.

I. P. Pues eso me pasa. Esto es increíble, un privilegio. Cada caja que abrimos es como abrir un cofre del tesoro. Imagínate, si esto que estamos haciendo fuera para sacar composiciones inéditas de Beethoven, Mozart, Haendel, Vivaldi, Schubert, Tchaikovski o cualquier otro de los merecidamente aclamados. La puerta de tu casa estaría llena de periodistas, de aficionados, de seguidores, de coleccionistas o de curiosos de cualquier tipo. Yo no los estoy comparando, no se me ocurriría, pero tu papa, además de músico y compositor era escritor, un artista, un pensador total. Y no estoy comparando porque no se puede comparar, lo que digo es que aquí no damos valor a lo que tenemos cerca y es de altura, porque mira en Francia el reconocimiento de máxima figura que tiene tu pare.

B. P. Sí, en Francia es otra cosa, no paran de llamarme para hacer documentales o entrevistas, conferencias sobre su obra, y otras muchas que vienen de allí. Sin embargo, aquí su faceta de pensador y escritor es muy poco conocida, solo en ámbitos familiares muy reducidos. En el mundo del flamenco y del cante gitano sí que es una persona muy querida, muy reconocida y respetada, pero no conocen esas otras facetas compositoras. Él tampoco se encargó mucho de difundirlas o compartirlas. Se fue muy joven también y no le dio tiempo a elaborar o recoger sus pensamientos y reflexiones. Es algo que tengo pendiente. Me tengo que poner con eso.

I. P. Eso hay que hacerlo. Aunque nos dejó muy joven, su consistencia creadora asentó una obra que forma parte del patrimonio familiar y gitano. Era músico, poeta y ensayista, y lo más importante es que era una persona muy querida y respetada.

B. P. Sí, eso es verdad. Eso dicen todos los que lo conocieron. Yo era muy joven cuando se fue, aunque sí recuerdo muchas cosas. ¡Mira, ya sé! –dijo abriendo una de las cajas y rebuscando entre los papeles–. Tengo aquí una cosita que acabo de acordarme. Es un escrito de mi pare que en la casa le tenemos mucho cariño. Es un cuento, un relato de verdad que comienza en la Navidad, en la Nochebuena. No está publicado, solo una vez se lo dejé a un profesor para que lo leyera en una conferencia sobre mi pare. Cuando ese día lo leyó, mi mare, mis tías, mis tíos, mis primas, mi hermano y mis niños todos llorando. Está escrito de forma accesible e íntima, con repeticiones de sensibilidad y una prosa que es ante todo poética. Parece que está escrito para que solo lo lea él. Es un pensamiento, una alegría de volver que no necesita de florituras. Es «poesía de las vivencias», como él mismo decía. Lo importante es el sentido, lo que sintió cuando lo pensó y después lo escribió, lo que quiere decir… ¡Mira, aquí está! ¡Vamos a leerlo!

Recuerdo

Aquella torre tenía para mí algo especial, esbelta y orgullo-
sa como una joven quinceañera que nunca sobrepasara aquella edad, tan joven y a la vez tan vieja. A su alrededor se habían
desenvuelto todos mis juegos y mis principales enseñanzas.
Junto a ella, en aquella placita, vivían y viven mis padres y, a
pocos metros, estaba la que fuera mi escuela, ya semiderruida,
aunque su portada, esa espectacular y entrañable portada, siga
manteniéndose como una rebelde a pesar de los años, a pesar
de los tiempos. Cada vez que me acerco a Lebrija y empiezo a
divisarla, tengo estos pensamientos. Sin embargo, esta vez estaba mucho más excitado y nervioso. Era un 24 de diciembre
y estaba deseando llegar y estar con mis gentes, pero aquellos
dichosos kilómetros parecían que no terminaban nunca. Por
fin, y tras una pequeña espera de tiempo, conseguí llegar al puente de Santa Brígida, el principio del pueblo, y seguir en dirección al centro. Alcancé la gran plaza principal y en sus proxi-
midades aparqué. Luego fui al sitio donde tenía que ir, que
naturalmente era tomarme una copa donde yo sabía que había que tomarla, en el Bar Paula. Y, al momento, allí estaba yo,
y, como esperaba, allí estaban casi todos, aquellos flamencos,
aquellos gitanitos esperaban celebrar la fiesta que se aproximaba: la Nochebuena.

Empecé a saludar a todos, a charlar y a tomar copas con
todos. Eran varias reuniones, pero al mismo tiempo una sola
reunión. Éramos muchas personas juntas y una persona al
mismo tiempo. Éramos muchas sensibilidades y una misma
sensibilidad. Todos y todo era un conjunto completo. Sabíamos quiénes somos y lo que queríamos. Nos conocíamos en
todos los sentidos y nos entendíamos, no era simplemente
una reunión de buenos amigos bien avenidos, éramos algo
más. Aquello era otra cosa, quizá inexplicable, pero al mismo

tiempo perceptible y transmisible. Cada vez más, y según pasaba el tiempo, íbamos entrando en un ambiente más alegre. Nos reíamos unos con otros y de vez en cuando, y aun guardándole el respeto, le dábamos bromas a los viejos con la sana intención de hacerles olvidar un poco su edad y que nos cantaran y bailaran como en sus tiempos jóvenes, o nos contaran sus experiencias de antaño. Al poco rato, jóvenes y mayores estábamos haciendo nuestros pinitos y aportando lo que sabíamos para que aquella fiesta siguiera. Empecé a pensar que aproximadamente sabía lo que ocurriría en adelante, pero se me vino a la mente lo de aquel año y concluí que cualquier cosa imprevista podría pasar.

Recuerdo el día, hace quince años de aquello. Serían las cuatro de la tarde y estábamos varios flamencos en una situación parecida a la de este momento, cuando uno de ellos nos dijo que en una casa había una fiesta y que todos estaban muy a gusto. Yo, que empezaba a tocar la guitarra, fui por ella a mi casa, y nos fuimos todos juntos. Empezamos a andar y todo el mundo empezó a preguntarse que a dónde íbamos. El que había hablado sobre la célebre fiesta respondía con respuestas vagas a las preguntas, y seguía caminando cada vez más rápido. No teníamos más remedio que seguirle porque era el único que sabía dónde estaba la fiesta. No entiendo cómo lo hizo, lo cierto es que nos llevó hasta la misma estación de trenes, en fin, que cuando nos dimos cuenta estábamos todos montados en el tren. Ya nada se podía hacer; cuando nos percatamos del engaño, lo único que hicimos fue reírnos, cantar y bailar. El primo que nos llevó allí por fin se confesó con nosotros, y es que por lo visto pretendía a una gitanita y la única manera de no desentonar en el lugar en que ella y su familia se encontraban era llevarnos a todos allí de fiesta. Hasta que por fin dejamos el tren en un apeadero y nos bajamos todos. Después de un tiempo andando llegamos al cortijo y nos fuimos a la gañanía; ellos iban llegando poco a poco puesto que estaban terminando la faena. Cuando nos vieron comenzaron a hacer cada uno sus *partes* conforme iban entrando, puesto que nosotros no parábamos de cantar. Yo no había dejado de tocar desde que estuvimos en el tren. En aquella gañanía hicimos una Nochebuena de verdadera fantasía. Nosotros no llevábamos absolutamente nada de comida, y la bebida la habíamos terminado en el camino, ¡todo lo compartieron con nosotros!

—¡Bebe! –me dijo alguien–.

De pronto, miré hacia arriba y le vi la cara, era *Quilito*, ¿cuántas veces como esta estuvimos juntos? Tenía el brazo extendido y en la mano una copa de vino. Me dijo que hacía rato que yo no bebía. Cogí el vaso, la copa, y me la bebí. Estuve un poco de tiempo más con ellos y decidí irme. Aún no había visto a mis padres y seguro que estarían esperándome. Se lo dije a ellos y quedamos en que luego nos veríamos. Yo sabía encontrarlos a ellos y ellos a mí. Seguro que irían a mi casa o yo iría a la suya.

Recordé que este año sería normal, es decir, que en cada una de nuestras casas nos encontraríamos con nuestras respectivas familias, haríamos una sola familia y seguiríamos visitando las casas de los demás gitanos y amigos. Por fin, cuando llegué, los vi y los abracé. Toda la familia, incluso de Utrera, y mis amigos, grandes amigos que nos entienden, se encontraban en mi casa. Sabía que dentro de poco tiempo estarían allí los que dejé, los que no vi, y aún más.

X. «Como mi gente ninguna».
Cuento para Claudia y Pedro

El relato que viene a continuación está íntimamente ligado con el que acabamos de leer. Está contado por el hijo de Pedro *Bacán,* Sebastián Peña o Bastián *Bacán* como se le conoce en los círculos más próximos. Es de su autoría. Supone la elaboración de una fábula, de una alegoría que combina la tristeza y la alegría a partes iguales; ambos estados de ánimo están en lucha y soportan la moraleja, el mensaje que el cuento quiere transmitir a sus hijos Claudia y Pedro. La alegría sale victoriosa de la pugna, aunque queda un regusto de añoranza. La parábola y las metáforas están intencionadamente dirigidas a la pervivencia de las memorias familiares; ¿tal vez del Tío Pedro *Bacán,* del Chache *Bacán,* de la Tata Ana Vargas, de tantos otros que están entre nosotros, pero de otra forma? ¿Tal vez supone una manera de aferrarse a un tiempo que no vuelve y no queremos dejar escapar? Cuando lo lean sacarán sus conclusiones. En todo caso, agradecemos al primo Bastián que el cuento salga de las paredes de su casa, que las escuchas de Claudia y Pedro puedan ser compartidas con otros niños, niñas y adultos. Los niños, los chavorrillos y las chavorrillas, son un valor central; su protección y su cuidado comprenden una de las posibilidades de reproducción, aprendizaje y transmisión cultural de aquello que nos enseñaron nuestros mayores. ¿Puede considerarse esto anterior amor?

Bastián Peña. Iván, su primo, yo tengo un cuento que le he contado a mis niños durante años y que lo enlazo con la nana de mi pare, *Cansada Marisma.* Al principio lo llamé *La princesa arabesca,* porque yo tenía una cajita de estas con una manivela, que la compré en una tienda que hay al lado del Ayuntamiento, y cuando le daba vueltas sonaba una canción que se titulaba *La canción arabesca.* Entonces, la primera vez que les conté el cuento a mis niños sonaba esta canción, y las sucesivas igual. Pero después, le cambié el título y le puse *La princesa Deborah.* Tiene ese sentido rítmico y narrativo parecido al que te pasé de mi pare del *Recuerdo de otra Nochebuena gitana.* Se lo he contado a la Claudia y al Pedro muchas veces y hace ya tiempo que no se lo cuento, la verdad. Ellos no conocieron a su abuelo. De hecho, con todo el tema este del libro, ayer estuve contándole el cuento a los niños y cuando les pregunté si se acordaban de algo me contestaron que no, que solo de algunas cosas, recordaban el nombre de la protagonista y poco más. Eran muy chinorris. Unos días después de esto, yendo en el coche con ellos llevaba puesta en la radio la nana de mi pare, la que canta mi Tía Inés, y los niños emocionados me dijeron; «¡Opá, Opá, esa es la que nos cantabas tú en el cuento!». No se acordaban de la historia, pero sí de esto. Así que ahí ya me decidí a grabártela en un audio para que apareciera aquí, porque hay un riesgo de que la olviden. Y no es tanto el cuento en sí, que es sencillo, es más lo que quiere decir, lo que quiero que les haga sentir y recordar a mi Claudia y a mi Pedro de su gente. No sé, a lo mejor también puede ser una forma bonita de contar estas cosas a otros niños y a otras personas. Esta que voy a contar ahora es una de las versiones que me sale. Como no la tengo escrita pues unas veces me sale más corta y otras más extendidas, con más detalles, pero la historia es esta.

La princesa Deborah y su torre de memorias

Cuenta la leyenda que, de entre todas las costas de los mares del mundo, había una donde todas las noches surgía una torre que de arena se formaba. Allí dormía la princesa Deborah, a la que todos conocían como la princesa *arabesca*. Los más viejos del lugar decían que ella siempre había estado allí, en la playa, a la orilla de la mar. Las memorias más antiguas no lograban recordar cuándo apareció ni de dónde vino. Aunque de una u otra forma ahora era parte de aquella comunidad, al principio las gentes del lugar desconfiaron de ella. Tardaron un tiempo en acostumbrarse, nunca habían visto a nadie igual. Siempre vestía la misma ropa y siempre parecía nueva y limpia; una falda larga negra que le llegaba casi hasta los tobillos y una blusa holgada de color verde. En su cabeza, como si fuera una corona, llevaba anudado un pañuelo rojo y negro con lunares blancos, tal vez por esto la llamaron la princesa arabesca. Si su pelo era largo y muy negro, su piel era blanca, muy blanca, tan transparente que durante el día podía verse su corazón. Sus grandes ojos verdes se confundían con el color de la mar cuando estaba en calma. Era muy difícil saber si tenía muchos o pocos años. Si le daba la luz del sol por un lado de su cuerpo, parecía una niña de diez años; cuando le daba por el otro, aparecían sorprendentemente unas arrugas y unas canas que le daban aspecto de tener más edad. De noche, si la luna brillaba, esta dualidad desaparecía y su aspecto era de una joven a punto de alcanzar la madurez.

Además de los ropajes, contaban que a veces hablaba en una lengua extraña que nadie conocía y que, cuando lo hacía, miraba hacia la inmensidad del mar, a lo lejos; a veces la utilizaba cantando y otras miraba al cielo como si estuviera rezando. Nadie la vio nunca en la oscuridad, nadie excepto los niños. Nada de esto importó a los niños, que curiosos, fueron acercándose a Deborah y conociéndola hasta hacerse inseparables. Ellos no tenían los prejuicios de los mayores. A ellos les gustaba las historias que les contaba de personas extraordinarias a las que había conocido. Los pares y las mares de los niños poco a poco también fueron familiarizándose con aquella extraña, hasta tal punto que permitieron a sus hijos pasar tiempo con ella. A ellos también les encantaban las leyendas que la princesa contaba. Eso sí, los niños siempre son muy listos y nunca dijeron qué era lo que más les gustaba de estar con Deborah: su magia. Sus poderes solo podían verlos los niños. Cuando los niños crecían y se hacían mayores, recordaban las historias que ella contaba de día, pero olvidaban lo que ocurría todas las noches. Desde que la princesa Deborah llegó a esa playa, al llegar la noche, todos los adultos quedaban bajo un encantamiento y caían en un sueño profundo. Durante generaciones y hasta hoy, todas las noches, muchos niños y niñas del pueblo se reunían con ella en la playa. Allí sucedía algo maravilloso.

> ¡*Aluricán* del día, la torre se caía!
> ¡Esa magia con la que se construía se perdía!

Cuando llegaba el día, ¡y el día llegaba!, la torre se desvanecía y la arena volvía a la playa tomando su forma original: ¡la torre se caía! Con el alba, al rayar el día, la princesa después de unos sueños se despertaba, y con alegría celebraba el nuevo día. No tenía casa, su castillo se caía. Allí dormía. Cada vez que esto pasaba, todos los días, Deborah se acordaba de su gente, de su familia, de los niños que se acercaban de noche a la torre para que ella les cantara mientras todos y ella construían, comían y reían. ¡De noche, como todas las noches, cuando llegaba el día, la torre se caía! Y antes de que cayera, solo le preocupaba salvar sus herramientas mágicas que con ellas construía. Y aunque todos los días se caía, ¡su torre se caía!, nunca estuvo triste ni se dio por vencida. Cada derrumbe de la torre era una oportunidad, una oportunidad maravillosa de crear todos juntos una nueva y distinta.

Una noche pensó que a partir de ese momento la torre tendría una escalera circular, de caracol, para poder subir más alto, a la parte de arriba. Desde allí su voz podría escucharse más lejos cuando cantaba y tal vez pudiera llegar a los suyos. Podía hacerlo, ya que su magia duraba y perduraba: cantando y con alegría, ella sabía y construía. Los niños, de tanta alegría que les mostraba, disfrutaban ayudándola a construir sus sueños. La princesa Deborah les decía:

—¡Venid chavorrillos que vamos a volver a construir mi casa!

—¡Princesa, qué divertido estar aquí en la playa de nuevo para construir un castillo de arena! –dijeron todos casi a la vez con mucha excitación–.

—¡Sí, estoy muy contenta de que estéis aquí! ¡Vamos a construir un castillo como nunca se ha hecho!

Y así, con la ayuda de las herramientas prodigiosas que ella siempre llevaba consigo construyeron unos ladrillos con los que montaron las paredes. Los utensilios y la magia de la princesa conseguían que cada ladrillo se uniera a otro y estos a otros sin necesidad de cemento. Ella tenía un secreto para esto, las olas eran sus consejeras desde que llegó a esa playa, le traían la sabiduría y la humildad necesaria para que la poderosa arena se quedara quieta y pudiera servir para construir la torre. La arena era su aliada de noche, y su pesadumbre de día cuando la torre desaparecía. Todos se afanaron y construyeron durante la noche. Mientras trabajaban, una gran hoguera calentaba un imponente potaje para reponer las fuerzas; ¡y olía tan bien, que sabía mejor que olía! ¡Y los niños alegres estaban! Así juntos construyeron la escalera de caracol, las bóvedas, los pilares, su habitación con el balcón donde la princesa cantaría por las noches, y así hasta que construyeron toda la torre entera.

Cuando terminaron, se veía imponente una torre que maravillosa se erguía. A la alegría de estar juntos se sumaba la alegría de saber construir. Allí estaba la torre, esplendorosa y de gran altura. La princesa Deborah, agradecida por tanto amor, se acordaba en esos momentos de su gente. Y antes de que se acabara la noche, ella cantó como lo hacía todas las noches. Bajo el influjo que le provocaba escuchar el sonido de las olas, ella cantaba y ella cantó. El sonido de las olas era como abrir una puerta que sonaba con fuerza en su memoria, le recordaba los ecos de su gente, de su familia, de forma que todas las noches se podía escuchar en su voz: «¡Cómo mi gente ninguna!». Esa noche la cantó como nunca antes lo había hecho.

Se acordaba, ¡cómo no se iba a acordar! Sus ecos ancestrales se mezclaban con la luz de la luna, ambos bañaban su figura. Deborah conocía los secretos de su tierra y los de su familia. Se acordaba en todo momento de su gente. Ella había decidido quedarse allí, en esa playa, con esa torre, con ese encantamiento. Su magia le permitía resistir desde allí a la vorágine que existía en aquellos lugares y en aquellos tiempos que no eran los que ella había conocido. Le quedaba un consuelo, una compañía que le llenaba todo ese pesar. El conjuro solo se rompía una vez al año, era en ese momento cuando sus primas y sus primos podían ir a visitarla para disfrutar con su *princesa*. Durante todos los días y los días restantes no tenía otro consuelo y motivo que seguir construyendo. Muy pocos entendían que era el precio que tenía que pagar por seguir siendo libre, por no perder la memoria de sus mayores. Cantar nunca le sirvió para deshacer el encantamiento que la condenaba a construir una torre que se derrumbaba cada día al amanecer, aunque sigue actuando como bálsamo para sobrellevar su cautiverio. Todavía se la escucha cantar la *Nana de la cansada marisma:*

El son, el son,
en nuestros hogares siempre estaba el son.
¡Una vez más otro invierno,
un nuevo verano y una nueva flor
surgirán de la vieja maceta
que nuestro alfarero nos regaló!

La moraleja

Costas y playas hay muchas por todo el mundo, aunque ninguna como donde se desarrolla este cuento. Las princesas también son personajes que suelen aparecer en los relatos fantásticos. Sin embargo, Deborah no es princesa por título o herencia familiar, sino que es recurso literario. En esta historia no hay príncipes, ni reyes, ni ejércitos, ni batallas, ni castillos que defender. Ella rompe los moldes que se utilizan para las típicas princesas, no es una persona pasiva que está esperando ser salvada por un héroe. Deborah es un nombre ficticio, lo que cuenta es (casi) verídico, lo que canta es real.

B. P. Más que lo literario, a mí lo que me interesa es que cuando se lo cuento a mis hijos hay un mensaje, unas memorias de su gente que no han podido conocer directamente. Y esto ellos lo aprenden y lo viven todos los días. El cuento es otra forma más de transmitirle ese cariño, ese interés y ese respeto. Es una forma más de luchar contra el olvido. Además de esto, la metáfora que les quiero hacer ver a mis niños con el cuento es que cada día es un día nuevo, y cada día se puede caer todo tu mundo y hay que levantarse. Y que la familia te puede ayudar, te va a ayudar, no estás solo. Cuando parece que todo se cae, resulta que esto también puede ser una nueva oportunidad de hacerlo de nuevo y mejor con las experiencias que trae tu gente, con su ayuda.

XI. Romance gitano en Nueva York

Mi mare me metió a monja
por reservarse mi dote.
Me cogieron entre cuatro,
me metieron en un coche,
me pasearon por pueblos
y a una a una y a dos a dos
me iba yo despidiendo
de las amigas que tengo.
Me apararon en una puerta,
me metieron para adentro,
me quitaron gargantilla,
las alhajas de mi cuerpo.
Pero yo no siento más
que me cortaron el pelo
y en una fuente de oro
a mi pare se lo dieron.
Me vistieron de picote
y en alta voz gritan todas:
«¡Pobre inocente!».

Desde los siglos XI y XII hasta el siglo XV, los romances fueron una de las formas preferidas en las que la población transmitía las historias presentes y pasadas. Estas composiciones anónimas se cantaban y contaban por los pueblos y las ciudades. Eran poemas muy extensos que se transmitían de forma oral, por lo que el original iba sufriendo continuas modificaciones musicales, cambios en las letras y en los episodios que acontecían a los protagonistas. En los siglos XV y XVI los autores del Siglo Oro comenzarán a recopilar estos poemas del *Romancero Viejo,* dando lugar a lo que se conoce como el *Romancero Nuevo.* Durante todo este tiempo, y hasta bien entrado el siglo XX, cuando no había televisión, teléfonos móviles ni ordenadores, los romances cumplían una función comunitaria, de reunión, de transmisión entre generaciones. Nuestros mayores se reapropiaban de estas historias, y las cantaban y contaban como si fueran nuestras propias historias. Eran como las telenovelas o las series actuales, donde se conjugaban tantos sentimientos humanos y tantas relaciones que era imposible permanecer impasible sin sentir o expresar nada. Pues bien, llama la atención que todavía hoy se conserven en diversas familias gitanas algunos de los fragmentos que formaron parte de ambos romanceros. Varios de ellos ya han salido en este libro: *El Conde Bernardo El Carpio, El conde Sol, La Blanca flor, El conde Gerineldo,* entre otros. La presencia oral de estos cantes e historias en las casas gitanas actuales contrasta con el desconocimiento que de ellas tiene el común de la población. Menos aún contienen ese sentido de pertenencia y activación de las memorias: mientras en nuestras casas se celebran en presente, desde otras posiciones suponen que se trata de una antigualla, una pervivencia del pasado sin significado ni interés contemporáneo.

Al igual que comentamos para las nanas, desde un primer momento tuvimos la intención de traer aquí una composición de este tipo. De igual forma teníamos un amplio abanico de posibilidades donde elegir, aunque tuvimos dudas por el hecho de que muchas de ellas estaban publicadas en disco por nuestros artistas, o en libros y artículos científicos por estudiosos del tema. Otra opción era recoger alguna de las nuevas producciones, de los nuevos romances que siguen creándose y circulando actualmente entre las familias gitanas. En todo caso, una y otra han sido y son objeto de análisis que han desentrañado muchas cuestiones interesantes a nivel estructural, temático, histórico, lingüístico, identitario y musical. Sin embargo, nuestra intención inicial no estaba mediada por el registro sin más, o por la necesidad de traer aquí generalidades sobre los romances y los gitanos. Buscábamos alguna singularidad, alguna particularidad, alguna historia con un interés que la destacara del resto. Buscábamos (por) las esquinas, lugares donde muy pocos se paran. Rastreamos en las aristas, en los bordes de lo previsible que ya ha sido contado o es poco conocido. Esto es lo que hacían nuestras abuelas, bisabuelas, tatarabuelas. Había que guardarse mucho de qué y cómo lo íbamos a contar. Sinceramente, estuvimos casi a punto de no recopilar ninguno hasta que dimos con el *Romance de la monja que no quería serlo,* que así se titula el fragmento con el que hemos comenzado este relato. Lo rescatamos de boca y memoria de José de los Reyes de los Santos, apodado *el Negro del Puerto,* si bien es su sobrino, Jero de los Santos, quien nos contó un asunto que desconocíamos respecto al mismo. Tras comprobar ambos que se trataba de una anécdota casi desconocida incluso en los ambientes académicos, artísticos y familiares, decidimos que era un excelente motivo para que estuviera en estas páginas.

Es curioso, al menos, cómo una composición de casi mil años ha conseguido no solo perdurar, sino ser apropiada y resignificada por otros grupos culturales en otros lugares, por otros motivos. Por esto, su actualidad y presencia muestran su contemporaneidad, así como revela otras trayectorias que van más allá de la historia personal o solo familiar o solo gitana. El *Romance de la monja que no quería serlo* llega a tener tal carga simbólica, histórica e identitaria que incluso en sus reapropiaciones actuales comprende el encuentro y el reconocimiento entre culturas y espiritualidades que han sufrido procesos de violencia y resistencia a través de los siglos. Es aquí donde se localiza la siguiente historia. Verán, en las conversaciones que mantuvimos con el primo Jero de los Santos, él fue quien redescubrió este relato asociado al romance. Casualidad o no, yo desconocía que llevaba varios años trabajando en la recuperación de memorias que han estado ocultas o poco tratadas en su familia. En este caso que hemos seleccionado la relación es clara: *El Negro del Puerto* es su tío por vía paterna. Además de la tez morena, el apodo le viene del lugar donde residió la mayor parte de su vida, El Puerto de Santa María (Cádiz). Y ahí es donde comienza la indagación de Jero, ya que en esta ciudad se localiza parte de su familia desde mediados del siglo XVIII. No existen registros anteriores, ni para la familia de Jero, ni para las familias gitanas residentes en España desde antes de esa fecha.

Jero de los Santos. Cuando comienzo en serio a indagar sobre la historia de mi familia, es cuando consigo explicarme mejor por qué había un número importante de familias gitanas en El Puerto de Santa María. Resulta que el puerto de esta ciudad era muy importante porque se concentraba allí parte de la Marina de guerra, y como una de las penas a las que más se castigaba a los gitanos era remar a galeras, pues allí fueron instalándose las familias de estos presos. Por otro lado, cuando se produce el Genocidio contra los gitanos en 1749, muchos de los capturados fueron enviados a trabajos forzados para construir el arsenal de la Marina de la Carraca.

Iván Periáñez. Sí, sí, hay letras de cantes por siguiriyas, por tonás y martinetes que son específicas, es decir, que cuentan lo que sufrieron nuestros mayores. Por ejemplo «Los gitanitos del Puerto / los más desgraciaos / …», y como esta hay varias.

J. S. Aunque muchas personas desconocen este episodio fatídico de la historia de España, es verdad que pasaron muchas fatigas. Entonces, los dos procesos que te he contado confluyen y explican en parte por qué llevan tantos siglos residiendo en El Puerto de Santa María. Las familias ya estaban asentadas allí desde hacía mucho tiempo. Así que los que quedan se dedican a lo que había allí; sobre todo al trabajo agrícola, y también a algunas labores relacionadas con la mar. ¿Qué pasaba? Pues que en aquellos tiempos y hasta hace poco nuestros mayores no tenían aparatos electrónicos como hoy, no había internet ni televisión para emplear el tiempo de descanso. Es en los entretiempos de las faenas o en las celebraciones íntimas que comienzan a surgir contadores o narradores de historias entre las familias gitanas de El Puerto. Cantaban romances de historias pasadas y no tan pasadas. Hacían de cuentacuentos, de trovadores. Eran y son narradores de melodramas, de acontecimientos épicos e históricos. Muchos de estos romances son en realidad historias de tragedias, relatos para entretener e incluso para desconectar. Siempre he pensado que estos romances han sobrevivido en nuestras casas porque son útiles para nuestras familias, y eso es una joya.

I. P. Sí, eso que dices es más que demostrable para quien se pase por El Puerto. El otro día hablaba con el primo Miguel, que es de allí, y me comentaba que todavía quedaban hijos e hijas que habían heredado esos romances de sus mayores y de sus antepasados. La Tía *Quisca* o la Tía *Curra,* descendientes de *Agujetas el Viejo,* todavía cantan y cuentan romances de hace quinientos años que no conoce la mayoría de la población. Como decías antes, eso es una joya, un patrimonio, un tesoro.

J. S. ¡Fíjate! Resulta que en este trabajo que estoy haciendo de recuperación familiar el otro día me entero de que el *Negro del Puerto* está emparentado con *Agujetas el Viejo*. ¡Vamos, que somos familia! Aprovecho este descubrimiento para presentarlo un poco a él, y contar lo del *Romance de la monja* del que hablamos el otro día. Bueno, mi tío José *El Negro* era uno de esos cuentacuentos, un juglar como los de la Edad Media, un trovador. Vivía con lo sucinto, era pobre y no tenía unos ingresos regulares. Además, fíjate que eran trece o catorce hermanos, no sé muy bien. Mi abuela paterna, mis tías y mis primos mayores decían que él tenía un permiso del Ayuntamiento para recoger objetos y cualquier cosa que encontrara tirada por la costa, por la playa del puerto. Y por eso mi tío se iba con su burrito, con su pipa de tabaco y recogía por allí todo lo que hubiera que se pudiera vender; de eso vivía, con muy poco y mucha hambre. Era muy conocido en los ambientes familiares, pero nunca fue un profesional. Solo al final de su vida le vino algún reconocimiento en forma de actuación, de grabación discográfica o de reportaje; nada que le ayudara a mejorar un poco. Sin embargo, el romance suyo de la monja sí que tuvo un recorrido muy diferente al que suelen tener estos cantes y estas personas que son conocidas solo a nivel local y familiar.

Si escuchamos el romance de la niña que la metieron a monja; que le rapan el pelo, que le quitan sus enseres, que le roban sus joyas, que la exhiben paseándola a la vista de todos para su vergüenza, que la llevan obligada al convento, que la separan de su familia y de sus amigas, no es difícil rememorar actos que recuerdan a una época iniciada en la

España de los Reyes Católicos y mientras duró la Inquisición. Se hizo con mujeres moriscas, sefardíes, negras y gitanas. Es más, aunque esto no es una exclusividad, sí es cierto que la protagonista de esta historia es una mujer o, mejor dicho, de muchas mujeres que pasaron por esto; así que *El Negro del Puerto* lo canta, lo cuenta en femenino. Pero más allá de esta cuestión, el tema del que está hablando es del dolor, del sufrimiento, del forzamiento, de la obligación contra voluntad, de la resistencia, y estos son procesos y sentimientos que han vivido muchos pueblos, muchos cuerpos y muchas memorias, no solo las gitanas. Esto siempre ha sido interesante para muchas personas que se acercan a nuestros cantes, aunque no los entiendan, porque transmiten y te hacen sentir cuando te lo llevas a tus experiencias. Eso es lo que le pasó a mi tío cuando se conoce un poco más su interpretación del *Romance de la monja que no quería serlo,* sobre todo cuando sus apariciones están disponibles en las plataformas digitales. La anécdota, mil años después, es otra historia.

Pues bien, aquí viene la anécdota. Es una anécdota porque todavía estoy indagando sobre ello, y tengo que seguir investigando para darle más recorrido a la historia. La primera noticia que tengo me viene de mi Tío Fernando, que vivió con mi tío José *el Negro* y toda la familia en la misma casa. Él me dijo que el romance había llegado a Nueva York: del Puerto de Santa María a Nueva York. No supo decirme nada más. En un primer momento no me pareció algo fuera de lo común, pensé que era habitual que los artistas fueran a Estados Unidos a realizar actuaciones. Lo dejé correr hasta que, preparando un proyecto cinematográfico, comencé a recopilar voces cantaoras de mi familia. Ahí me encontré con el romance en Nueva York. Lo que hallé me llamó bastante la atención, no me lo esperaba, y no hablo solo de una cuestión musical, sino de las distintas conexiones simbólicas e históricas que fui descubriendo. Tengo por ahora vídeos, recortes de prensa y las conversaciones familiares que he ido manteniendo desde que me enteré. Aunque bueno, comienzo por el principio porque aquí hay otro protagonista que es fundamental en esta historia; el cantaor e investigador Rafael Jiménez *Falo*. Realmente, es gracias a él que de momento he podido profundizar algo más. De hecho, tengo una conversación pendiente con él, que espero se produzca en el proceso de elaboración de mi nuevo proyecto.

El Tío Rafael es un artista e investigador total; conoce e interpreta con maestría nuestros cantes y, a su vez, es un recuperador de historias y de producciones folclóricas locales: él es asturiano. Entonces, en 1996 saca un disco que se titula *Cante gitano,* por el que le concedieron varios premios y un reconocimiento generalizado en prensa. Con esta buena acogida, en 1998 es programado en el *Theater 80 Saint Marks* de Nueva York. Allí hace varios de los cantes que aparecen en su disco de 1996 e incluye en su repertorio el *Romance de la monja que no quería serlo,* en su versión del *Negro del Puerto.* No sé por qué el Tío Rafael decidió llevarse allí el romance, ya que este tema no formaba parte del disco. Esto tengo que preguntárselo, aunque tengo mis intuiciones por lo que ahora voy a seguir contando. El romance que hace en Nueva York es una pieza única, una conversación extraordinaria entre trayectorias culturales, históricas y musicales que nos traen al presente episodios ocurridos siglos atrás. A su voz le acompañaba un violonchelo, lo que hace que te arañe más las tripas, que afloren con más fuerza los sentimientos. ¡Es increíble como las músicas pueden llevarte a ese estado de percepción, de conocimiento y de emoción!

Bueno, pues esta no fue la única vez que el Tío Rafael interpretó el romance en Nueva York, ya con el violonchelo. Tal fue la repercusión que tuvo su primera aparición, que fue invitado hasta en cinco ocasiones más. El *New York Times,* nada más y nada menos, le hizo una mención magnífica. Tengo esa noticia de prensa descargada de internet, de la web profesional del Tío Rafael, el número 148, del 16 de agosto de 1996. En las siguientes ocasiones que fue allí igual, todo un éxito. Aunque no queda aquí la cosa. Lo más interesante del asunto para mí viene ahora. Las claves las da de nuevo el Tío Rafael, que llegó a decir lo siguiente:

> La interpreté en un teatro de Nueva York, y el *New York Times* le hizo una crítica maravillosa, diciendo que era la alta vida de la noche neoyorquina. Tuvimos cinco años de representaciones completas. Las comunidades gitana y judía de Nueva York eligieron el romance como homenaje a las víctimas de *Auschwitz* y se cantó en una sinagoga de la Quinta Avenida. En España, cuando llegó a Madrid el espectáculo *Tiempo de gitanos,* quisieron que lo interpretáramos en el Teatro Albéniz. Recuerdo que cuando el gerente lo escuchó por primera vez dijo que había que traerlo a Nueva York, porque el origen de este romance es judeo-sefardí, viene del exilio. Y que permanece en la memoria de los gitanos de aquí porque no se fueron. Esta melodía que ha quedado inmortalizada en España no ha quedado en ningún otro lugar del mundo. Solo hay cinco versiones de la *Monja contra su voluntad:* es una melodía única[1].

---

[1] Este fragmento pertenece a una entrevista titulada, «Rafael Jiménez *Falo*. El movimiento de la tradición», publicada en la revista digital *InMúsica*. También pueden encontrarla en la web personal de Rafael Jiménez *Falo,* en [https://rafaeljimenezfalo.jimdofree.com].

I. P. Pues sí que es una historia potente. La desconocía. Da para investigar muchos asuntos interesantes, esa es la verdad. Además de con tu familia, podrías hablar con el Tío Rafael: seguro que él puede darle más recorrido a la historia y ayudarte con la recomposición familiar. Aun con todo, para esta selección el relato es magnífico, un acto de justicia y memoria que también queda recogida aquí para su difusión. Muchas gracias, primo Jero.

J. S. Sí, sí, es aquí donde tengo que comenzar a profundizar en las razones, en las motivaciones y en los protagonistas de la historia. Una historia de hace mil años. Un relato que conecta a través de la música y de la letra a culturas que han sido perseguidas; conecta las expulsiones de los sefardíes y de los moriscos con la primera ley antigitana de 1499, y estos tres con el Holocausto romaní y judío del siglo xxi. ¡Y que lo cantara mi tío, que se lo habían transmitido desde generaciones, que llegue a Nueva York, a una sinagoga para conmemorar nada menos que el primer homenaje a las víctimas de ambos genocidios! Es importante para nosotros y para mí. Hace un año mi hermana estuvo con sus niños en Nueva York y le dije que se pasara por la sinagoga donde se cantó el romance, porque me parecía bonito que les contara la historia a mis sobrinos. En fin, es un tema interesante por muchas cuestiones, aunque para hacer bien esto necesito tiempo. Tengo que entrar en otros tiempos, el tiempo de mi tío. Estoy en ese proceso, intentando entrar en ese tiempo. Las fechas están ahí y voy construyendo, lo estoy trabajando. Y considero su presencia aquí y en todo el trabajo que estoy haciendo como algo espiritual. Era algo que tenía que hacer, que expresar, que contar y, desde ahora, cantar, porque esto se lleva haciendo en mi familia desde generaciones.

XII. La leyenda de Kamira

El relato que viene a continuación es una singularidad en el conjunto que compone esta selección. Primero, porque es más parecido a la concepción que tenemos de cuento, de fábula o de leyenda. En su forma, recurre a la mitología clásica y a la tradición de cuentos europeos que buena parte de la población conoce. Sin embargo, estas orientaciones no suponen la centralidad, sino que sirven como soporte para colocar la alegoría que se quiere comunicar. Segundo, no corresponde a una historia *real;* es una interpretación, una ensoñación, un juego creativo con base histórica, cultural y emocional acerca del origen del Pueblo Gitano. Tercero, es admirable comprobar cómo la espontaneidad compositiva con la que parece estar escrito el texto facilita el dinamismo y la comprensión, el paso sin disrupciones de un episodio a otro, de un tema a otro, de un personaje a otro, de un suceso a otro. Por esto, la candidez que parece transmitir la narrativa no debería despistarnos de las intenciones, de las motivaciones, de las reflexiones, de los sentidos profundos que comunica el texto. Su autora, Eva Montoya Montoya, tenía 16 años cuando lo escribió. Ella misma lo expresaba así en una de las conversaciones que mantuvimos para esta ocasión: «Es una historia que hice desde la inocencia y mi percepción inocente de la vida, porque si ahora mismo tuviera que escribir otra vez la historia del Pueblo Gitano, lo enfocaría y lo escribiría de otra manera. Aun así le tengo mucho cariño, es de las primeras cosas que escribí».

La leyenda

Cuenta la leyenda que, en tiempos remotos y casi olvidados, la magia era reconocida por todos; una era en la que los espíritus de los elementos y los seres tangibles convivían en armonía. Fue entonces cuando los dioses fraguaron la idea de crear un mundo similar al suyo, donde subsistieran nuevas criaturas que proporcionasen un poco de diversión a sus ya monótonas vidas. Todos pasaban largas horas discutiendo cómo debía ser. Todos a excepción de Marsias, el pastor de las sagradas *Libélulas Derramasueños*. Marsias era un joven alegre y despreocupado que, en cuanto tenía oportunidad, salía despendolado a trotar por los estadios divinos, escapando de sus obligaciones. Como casi todas las noches, Marsias cogió su caramillo y se encaminó hacia los Montes de Onayr a tomar luz de ensoñación y acariciar alguna melodía con sus dedos. Tan absorto se encontraba en la contemplación de su amada, La Luna, que no reparó en que una nota de la melodía que estaba interpretando se había escapado de la marcha que seguían las demás.

La nota, Shur, inconsciente de la envergadura de sus actos, provocó la caída de los antiguos esquemas musicales, basados en ocho notas esenciales en lugar de siete. Esto causó un gran enojo a la diosa Armonía, que envió a su gran ejército de Claves de Sol y al Pentagrama para que la atraparan, sin éxito, pero esta es una historia que merece ser contada en otra ocasión. Así, Shur, la huidiza nota, con ayuda de Viento y sus hermanos Brisa, Ventisca y Tornado, consiguió escapar.

Una vez en libertad decidió visitar todos los territorios divinos; pasó años observando a los dioses, con lo que aprendió muchas cosas acerca de sus costumbres e intrincada personalidad. Pero lo más importante es que adquirió la capacidad de reflexionar. Shur ya no era una simple nota que vagaba trémula a merced del viento; ahora era una nota sabia. La idea que más acariciaba su mente era la de descubrir aquel poblado recién creado por los dioses llamado «de los humanos». Así que de nuevo llamó a su amigo Viento y con su ayuda llegó a su destino. Shur pensaba que ya era conocedora de todo lo que se podía conocer. Había pasado largo tiempo meditando sobre los misterios de la vida, pero no había experimentado lo que significaban realmente hasta que no abandonó los desapasionados dominios divinos.

En la tierra de los humanos pudo experimentar sensaciones antes desconocidas. Allí supo el significado del sufrimiento, la impotencia, la alegría y el amor. Aprendió a amar todo lo que allí había, desde la más insignificante brizna de hierba hasta el gran astro que pendía incandescente del cielo, el Sol. Todas estas vivencias las pudo experimentar a través de un anciano al que siguió durante su viaje por aquel mundo. Su nombre era Suncai, el Orador del Sol, un hombre de gran sabiduría y carácter compasivo. Enseñaba a los niños y aconsejaban a los adultos; era el miembro más respetado de la tribu.

Para Shur, Suncai era simplemente perfecto. Todos y cada uno de sus actos le parecían sublimes y llenos de bondad. Lo que más lamentaba ella era no poder comunicarse con él. Algunas noches, la pequeña nota se acercaba al oído de Suncai y emitía un dulce sonido, que hacía sonreír en sueños al anciano. Pero lo que ella más anhelaba era poder narrarle sus fantásticas historias de otros lugares y tiempos y que él le enseñara a estudiar los misterios de las ciencias naturales de su nuevo mundo.

Si ella no fuera una simple nota, una simple nota musical…

«¡Ya está!», pensó. «¡Iré de nuevo al mundo de los dioses y le pediré a Trianir, la diosa de La Creación, que me transforme en un ser de carne y hueso!».

Así que, montada sobre el gran lomo de Ventisca, cruzó la barrera de la irrealidad y llegó a la morada de la todopoderosa Trianir, diosa de la Creación, donde un querubín entrado en carnes custodiaba la entrada de un imponente jardín lleno de columnas que ascendían hacia el cielo, perdiéndose en él.

—Buenas noches, Querubín, me gustaría, si es posible, hablar con su Excelsa Majestad divina.

—En estos momentos su majestad se encuentra tomando un baño de menta extravagante, pero pronto acabará. Entra, no seas tímida.

El Querubín guiñó un ojo a Shur, lo que tranquilizó a nuestra trémula protagonista, que, más confiada, se dispuso a seguir al rubicundo guardián. Al cabo de un rato, Trianir entró cubierta con una túnica transparente bordada de estrellas que titilaban a su paso majestuosamente en la sala preferida de su templo, una estancia infinita cuajada de espejos que parecían portales a otras dimensiones. En ese preciso instante, Shur se sintió mucho más pequeña de lo que ya era. Deliciosos manjares estaban servidos ya para ser saboreados, cuando el Querubín se acercó a la diosa y le dijo al oído:

—Alteza, una nota musical solicita audiencia.

—¡Oh! Me parece bien que tenga el buen gusto de querer disfrutar de mi compañía. ¡Hazla pasar!

Se tocaron las campanas del mar de Ululai, que anunciaron al unísono: «¡Se requiere a Shur, La Nota!». Shur entró pasmada por la magnificencia de los jardines en los que había estado esperando, pero se quedó paralizada al contemplar el interior del templo de la diosa, y, en el centro de la estancia, a la majestuosa Trianir, La Bella.

—Pasa nota, no te quedes ahí pasmada. ¿Quieres un poco de pastel de plata? Está delicioso

—N… No… gracias. Pero sí tomaría un poco de brisa de melocotón, tengo la boca seca.

Trianir hizo tintinear sus pulseras engarzadas de polvo de estrellas y una flor de trompeta se materializó junto a la nota, que bebió tímida un sorbito del licor de los dioses. Trianir, impaciente, conminó a Shur a hablar:

—Bien, ¿a qué has venido?

—Pues, verá… he venido a pedirle un deseo.

—Hum… ya veo… ¿y qué deseo es ese?

—Pues… me gustaría adoptar alguna forma tangible.

—¿Como un animal, por ejemplo?

—Lo que más me gustaría es ser humana.

—Humana.

Trianir miró inquisitiva a la pequeña nota. Tras una pausa, exclamó, con ánimo caprichoso:

—¡Está bien, serás gitana!

—¿Gitana? ¿Y qué es eso, Majestad?

—Eso es, querida, una nueva etnia que se me acaba de ocurrir. Siendo de naturaleza musical, adorarás y desarrollarás el arte de la música, y lo propagarás por el mundo sin necesidad de escribirla en pentagramas que, por lo que visto, no te gustan.

Trianir, guiñándole un ojo a nuestra protagonista, cogió una rama de sándalo de su jardín y comenzó a moldear con ella el cuerpo de una mujer. Después le dio cabellos de ébano y ojos de halcón.

—¡Bienvenida al mundo, Kamira!

Shur estaba maravillada ante el hechizo de la diosa. Pasó largo tiempo observando su reflejo en los millares de espejos del templo, queriendo atesorar en la memoria como un valioso regalo todas y cada una de las imágenes que le devolvía su reflejo.

—Majestad, esto es más de lo que jamás me atreví a soñar. Le estaré eternamente agradecida.

—¡Oh!, no me ha costado trabajo alguno. Además, estoy de buen humor y me gusta complacer a mis súbditos. Pero ahora hace falta una cosa para que la etnia gitana se propague por el mundo. ¡Hace falta un hombre!

—¿Eh? ¿Un hombre? Que va, si a mí no me hace falta.

—Claro que sí. Y debes saber que no se contradice a una diosa de mi categoría. Iré a visitar a Broamar. Tú ya puedes marcharte, monta en uno de mis abejorros gigantes. ¡Ah!, solo te impongo un precepto: fundaréis un Pueblo Libre, tu techo será el cielo y tu hogar la tierra del camino. Conocerás el sentido de la diversidad cultural a costa de mucho sufrimiento. ¡Hasta pronto, hija mía!

—Pero…

—Nada de peros. *¡Sastipen thaj Mestipen!*

Trianir guiñó un ojo a Kamira y se perdió entre los millares de espejos dejando tras de sí una estela de estrellas, disipándose como un sueño.

Y así, Kamira, la primera mujer gitana del mundo, abandonó el lugar montada en un abejorro con sombrero de hongo. Una vez en el reino de los humanos, la muchacha buscó algo con lo que cubrir su cuerpo, porque sabía que en el mundo de los hombres, la desnudez, como la verdad, no estaban bien vistas.

Kamira se las arregló como pudo para confeccionar con enredaderas del bosque una especie de vestido, y se encaminó decidida para hablar con los humanos del poblado más cercano. Cuando llegó, todos observaron perplejos la visión que Kamira ofrecía: una extraña mujer de complexión fuerte, mirada penetrante y piel broncínea, vestida únicamente con un conjunto de hojas que conseguían cubrir a duras penas su curvilínea figura. Ante el pasmo general, el único que acertó a reaccionar fue el anciano Suncai, consejero del poblado, quien amablemente la condujo hasta su tienda y le ofreció unas pieles con las que cubrirse. Al mismo tiempo, en el orbe de los Dioses, Broamar, Dios del Destino, forjaba en su oscura cueva el alma de alguna criatura aún no nacida, cuando Trianir entró imperiosa en sus dominios.

—Buenas noches, Broamar, vengo a encomendarte una pequeña tarea.

Los ojos verdes de Broamar relampaguearon desde la penumbra teñida de carmesí. Su voz grave, irrumpió entre el crepitar del fuego.

—¿Por qué debería hacerlo, Trianir?

Broamar dejó su martillo en el suelo y dio un paso adelante. Trianir se encontró con el mismo rostro atemporal que ella recordaba bien.

—Por los viejos tiempos, Broamar. Me alegra verte.

Broamar asintió, correspondiendo a las palabras de la diosa.

—¿Qué tarea es esa?

—Crea una chispa de vida para mí. Quiero un alma venida del fuego para crear una nueva etnia con tu talante, que desarrolle el arte de la forja y la música en La Tierra.

Broamar miró un momento a Trianir, sopesando la propuesta de la diosa. Después, asintió y tomando su pesado martillo, golpeó el yunque con tal fuerza que resonó en toda la bóveda celeste. Una chispa brotó. Trianir, que la atrapó con gesto grácil, comenzó a moldearla junto a una rama de sándalo. Así, en la fragua de Broamar, nació Yarmani, el primer gitano del mundo.

—Yarmani, estás en la tierra de los dioses. Él es Broamar, tu padre, y yo soy Trianir, La Creación. Tienes que viajar hasta el reino de los humanos y encontrar a Kamira, tu igual. Juntos fundareis el Pueblo Libre.

Trianir besó en la frente a Yarmani, dio la mano a Broamar y dejando una estela de estrellas tras de sí, desapareció. Broamar agarró un trozo de lava de su ardiente fragua y moldeó un martillo que regaló a Yarmani.

—Ya que de una chispa provienes, respetaré tu esencia. Serás valiente y noble. No decepcionarás a Kamira. Buena suerte, hijo mío.

Montado sobre un unicornio azabache, Yarmani se encaminó hacia el mundo de los humanos.

Pasaron los meses, pero el joven no encontraba a Kamira. Lo cierto es que a Yarmani cada vez le entusiasmaba menos la idea de encontrar a su igual. Le encantaba vagar por tierras desconocidas, disfrutando de la belleza que le ofrecía la vida agreste. Si continuaba su búsqueda, era solo porque se lo había prometido a Broamar.

«¿Qué podía hacer esta pobre chica sola sin mi protección?», pensaba. «¡Estará esperando ansiosa mi llegada!».

Sin embargo, los pensamientos de Kamira estaban muy lejos de lo que Yarmani hubiese podido esperar, ya que estaba demasiado ocupada aprendiendo todo lo que podía, pensando a veces que una vida humana no iba a ser suficiente. Caminando por un bosque de grandes álamos, una tarde de verano, Yarmani divisó a la chica, que, ajena a todo, bailaba una danza que más bien parecía un antiguo lenguaje del viento. Por una extraña razón que Yarmani no podía descifrar, había algo en ella que le resultaba familiar. La voz de Yarmani sacó a la chica de su danza ensimismada.

—¿Kamira?

—Sí, yo soy Kamira —respondió ella, deteniéndose—. ¿Quién eres tú?

—Soy Yarmani y me envía Trianir La Bella. Vengo a buscarte.

Kamira se quedó perpleja. Hacía tanto tiempo que no pensaba en las palabras de Trianir que ya las tenía por olvidadas.

—No puedo irme contigo, no te conozco.

—Pues es una lástima, porque fue Trianir quien me encomendó la tarea de encontrarte, y debemos cumplir su misión. En el plazo de tres días volveré a por ti.

—¡Ni loca, vamos, ahora que estoy aprendiendo a trabajar el mimbre!

—Tú misma. Tienes tres días para pensártelo.

Mientras Yarmani se alejaba, Kamira pensó que había en el muchacho algo que no podía identificar, pero le resultaba familiar. Un grupo de cazadores que regresaban al poblado cargados con un ciervo muerto, se detuvieron amenazadores ante la presencia de Yarmani, prestos a atacarle con sus lanzas. Kamira se interpuso entre el muchacho y los cazadores. Mosh, el más amenazante del grupo, se dirigió a la chica en tono despectivo.

—¿Quién es este forastero?

—Es mi amigo. No quiere hacernos daño.

Yarmani miró al grupo sin inmutarse.

—No te preocupes, estoy acostumbrado a que me miren con desconfianza en todos los lugares en los que me he encontrado con humanos.

Yarmani se dio la vuelta y se alejó sin decir nada más.

—¡No vuelvas por aquí, forastero, o te las verás con mi lanza!

Los jóvenes finalmente se marcharon, dejando a Kamira a solas con sus pensamientos. Desde que llegara al poblado, nunca se había sentido comprendida o aceptada por el resto. Si no fuera por Suncai, seguramente la habrían expulsado. Sabía que muchos pensaban que estaba loca porque hablaba de las cosas que había visto más allá de la bóveda celeste, de Trianir y su belleza, de su huida del pentagrama, de que había sido una nota musical que vagaba a merced del viento. Pronto aprendió que era mejor callar. Al caer la noche, Kamira se levantó de su jergón y marchó en dirección al bosque, circunstancia que aprovechó Mosh para visitar al maestro Suncai.

—Maestro, ¿puedo pasar?

—Claro, muchacho, entra.

Mosh entró en la tienda del anciano.

—¿Qué querías contarme que no puede esperar a mañana?

—Creo que es hora de que la extranjera se marche del poblado.

—¿Kamira? –preguntó el anciano–. Hablas de ella con desprecio, Mosh. Eso no le agrada a nuestro Dios Sol.

—Lo sé maestro, pero hoy ha venido otro extranjero de piel morena, como ella. Creo que es una amenaza para nosotros. –Suncai suspiró largamente–.

—¿Y qué propones que hagamos?

—Dejarles claro que no son bienvenidos. Si no hacemos nada, podrían venir más gitanos al poblado. Para impedirlo tenemos que dar ejemplo y expulsarlos de los alrededores.

—El miedo te impide hablar con sensatez. Más que odio debería apenarte despreciar a dos personas sin tan siquiera haberte sentado a hablar con ellos.

Suncai, suspirando, tomó las manos del muchacho entre las suyas.

—Kamira es una muchacha sensible, quizá tocada por el aliento divino del Dios Sol, que le muestra visiones de otros mundos. En el peor de los casos puede tratarse de una pobre loca, perdida en sus ensoñaciones. ¿Qué mal puede hacer ella? Y si está loca, ¿qué mal puede hacer un loco? ¿Y si los locos fuésemos nosotros? ¿Atesoramos la verdad por ser mayores en número?

—Maestro, ¡todo lo que dice Kamira es una herejía!

—Calma Mosh, ten cuidado. Las palabras que se escogen pesan y tienen consecuencias en nuestros actos. Aprecio a Kamira, sé que la añoraré cuando se marche. Por ahora es mi invitada, y no sufrirá ningún daño. Pero sé que Kamira no pertenece a este lugar y que se marchará pronto por voluntad propia.

Suncai se incorporó con dificultad de su silla, para despedir a Mosh.

—Aligera tu corazón Mosh; la vida es demasiado hermosa para malgastarla teniendo miedo.

—Buenas noches, maestro –dijo Mosh algo contrariado, antes de salir de la tienda–.

El poblado quedó en silencio. Arropado por la oscuridad, Mosh volvió a la tienda y, sin contemplaciones, clavó un puñal en el corazón del anciano Suncai que, lanzando una mirada de sorpresa a su asesino, perdía la vida.

—Entonces, ¿te creó Broamar? –Kamira estaba feliz de poder hablar con alguien que compartiera sus vivencias–.

—Sí, junto a Trianir La Bella –dijo Yarmani. El muchacho miraba a Kamira, bañada por la luz de la luna, y no podía comprender qué había en la muchacha que le provocaba un nudo en el pecho–.

—Trianir… Ella me creó a mí también. ¿Qué te dijo exactamente? –le preguntó Kamira–.

—Que teníamos que continuar lo que ellos habían comenzado.

—A mí me dijeron algo parecido, pero nunca lo comprendí del todo.

—Yo tampoco… Pero cuando te miro a los ojos veo mi casa.

Kamira y Yarmani se miraron en silencio.

—Es hora de irme. Buenas noches, Yarmani. Mañana si quieres, puedo regresar.

—Me gustará que regreses.

Kamira sonrió al joven y se marchó. Mientras veía a Kamira alejarse, Yarmani se imaginaba recorriendo el mundo con ella.

A la noche siguiente, Yarmani esperó a que Kamira volviera, pero pasaban las horas y no había rastro de ella. Preocupado, se encaminó hacia el poblado, en el que una multitud congregada en círculo escuchaba a Mosh.

—¡Ella lo ha matado, ha traído la desgracia sobre nosotros con sus ideas de otros dioses y mundos! ¡Suncai pensaba que estaba loca, pero en realidad está maldita! ¡Ha matado a Suncai y merece ser castigada!

La multitud, dejándose llevar por la arenga de Mosh, empezó a gritar, armándose con piedras. Entonces, Kamira, atada a un árbol, sintió la primera pedrada. Y la segunda, y la tercera… Ya había perdido el conocimiento cuando Yarmani, enfurecido como jamás volvería a estarlo, se enfrentó a la multitud armado con su martillo de herrero, desatando a la chica. Un trueno resonó en el cielo, y un poderoso rayo atravesó el cielo de tormenta. Yarmani cogió en brazos a Kamira y se la llevó lejos de la multitud, aterrada por la imagen que ofrecía la bóveda celeste.

—¡Yo os maldigo! ¡Y maldigo eternamente el alma de aquel que ose seguirnos!

Un atronador sonido surgió del cielo, como en respuesta a la promesa de Yarmani. Yarmani anduvo durante toda la noche cargando con Kamira, hasta que llegó a la orilla de un riachuelo donde, extenuado, se detuvo por fin.

—Kamira, no me dejes.

El alba ya despuntaba cuando Kamira, algo confusa y herida, despertó. En silencio, se aproximó al joven y le acarició el cabello. Al ver que no se movía, Kamira le creyó muerto. Movida por un impulso, recogió unas flores que crecían cerca de ellos. Poniéndolas ceremoniosamente en el pecho del hombre, lloró por él.

—Yarmani, es pequeña, pero es la única ofrenda que puedo hacerte.

Al sentir la mano de Kamira sobre su pecho, Yarmani despertó…

El sonido insistente de un despertador se coló en la bucólica escena de Yarmani y Kamira, haciendo que nuestros protagonistas se giraran, extrañados.

—¡Sarai, despierta ya, que llegas tarde al cole!

Sarai, una niña de diez años y hermosos ojos se despertó sobresaltada por la voz de su madre, y rápidamente volvió a la realidad de su habitación. Todo había sido un sueño, pensó con fastidio. ¿O quizá no? Quizá era descendiente de Yarmani y Kamira, quienes desde la forja de Broamar, la protegían. Ella pertenecía al Pueblo Libre. Ella también era gitana. Había llegado al mundo gracias a la voluntad de sus ancestros, gitanos y gitanas luchadores, supervivientes, creadores, incomprendidos, víctimas de una persecución y un prejuicio histórico. Sarai era la victoria de todos ellos.

XIII. Loli Lérida, memorias de una cigarrera gitana

Teníamos muchas ganas de presentar a la Tía Loli Lérida Vega. Su aparición en estas páginas es un motivo más que justificado de celebración. Es una de las últimas cigarreras gitanas de Triana. Sobre ellas se ha hablado mucho, aunque rara vez son ellas las que hablan por sí mismas de sí mismas y de sus experiencias. Tal vez por esto se ha construido todo un conjunto de imágenes que no se corresponden con la realidad que vivieron aquellas gitanas y aquellos gitanos, que también hubo hombres cigarreros. Las novelas románticas, los cuadros de los pintores de los siglos XIX y XX y las producciones cinematográficas han sido fabricantes y cómplices de muchas representaciones falsas que han sido tomadas como verdaderas. Con la novela de Prosper Mérimée, *Carmen* (1845), arranca esta historia y es el ejemplo más claro de cómo se han elaborado y difundido algunos de los estereotipos más injustificados y pueriles sobre aquellas trabajadoras, y sobre las gitanas en particular. Para aquellos que no hayan podido leer la novela, es sencillo acceder a las decenas y decenas de versiones producidas en formatos cinematográficos, musicales, literarios, teatrales y de otro tipo. La trama es común en todas ellas: un gachó que se enamora de una gitana; él no puede controlar esa relación que le atormenta; finalmente él siempre es engañado y todo termina mal. En todos estos casos, las cigarreras son marcadas mediante atributos que consideraríamos negativos: el engaño, la delincuencia, la picaresca, la provocación, la promiscuidad, la falta de compromiso, la desobediencia y otras similares que establecen una frontera entre lo posible y lo que (supuestamente) no es posible por diferencia cultural, de género y profesional.

Aunque hay más. Desde que se publicara el original de Mérimée hasta hoy, las distintas versiones están atravesadas por un hilo conductor común: la mujer gitana que se representa es siempre la misma, un arquetipo, un ideal, un invento. Escondidas en el plano artístico, estas representaciones homogenizan a las mujeres gitanas como si todas fueran una sola mujer, la misma mujer. Estas producciones arrojan y depositan sobre ellas lo opuesto a los valores éticos o morales que son entendidos como deseables para la sociedad en cada momento histórico. Si leen o ven algunas de estas producciones, y las ponen en diálogo con lo que vivió la Tía Loli durante más de treinta años que trabajó como cigarrera, podrán comprobar que algo no cuadra. Escuchándola una cosa es segura: la *Carmen* de Mérimée no era gitana ni era cigarrera; tampoco las otras Cármenes producidas por el cine, la ópera y la literatura. Por tanto, por su recorrido y calado, no estamos ante una historia más, una novela más o una película más. En este sentido, los episodios que vienen a continuación no son inventados o producto de la ficción, sino que son el resultado de más de tres décadas trabajando como cigarrera en la Fábrica de Tabacos de Sevilla. Más aún, su mama, su abuela, sus tías y algunas de sus primas también fueron cigarreras. Para las familias gitanas de Sevilla y Triana, las cigarreras y sus historias sobreviven al olvido, a los prejuicios y a los estereotipos. Desprenderse de estas tres violencias es motivo más que justificado para que ellas y sus memorias estén presentes en estas páginas.

Una tarde de mayo de 2024 quedé con la Tía Loli Lérida en *su* Triana, en un bar al que ella suele acudir en la calle San Jacinto. Más allá de las ficciones que construyen una *Carmen* que parece no envejecer con el paso de los años, la Tía Loli está camino de los ochenta. Cuando la vi (de) venir, pensé lo poco que ven o lo mal que ven los ojos de las mentalidades modernas y su obsesión por la eterna juventud como signo de belleza, de pureza o de no sé qué inventos para controlar los cuerpos, los corazones y las cabezas. Nos sentamos uno frente al otro y, mientras nos traían las bebidas, comencé a explicarle el motivo por el que su presencia me parecía importante en esta selección de historias gitanas. Recuerdo que sonrió entreabriendo la boca y, en señal de consentimiento, dejó caer levemente la mirada con sus grandes ojos negros. A partir de estas líneas es ella la que habla, la que escribe. Esta es una pequeña parte de su historia y de las gitanas cigarreras. Para ellas y por ellas va este relato biográfico.

Impresiones iniciales y huellas

Verás, sobrino, me da mucha alegría que nos veamos y pueda hablar de esto. Nadie me había llamado para hablar de mi trabajo, bueno del que era mi trabajo. Le dediqué mucho tiempo, casi toda mi vida, y también parte de mi familia. Por eso es importante. Cuando alguna vez se han acordado de mí, es por asuntos relacionados con el baile, con mi participación en algún espectáculo; que yo encantada, aunque nunca me he dedicado profesionalmente. Si eres gitana parece que solo vales para el artisteo y otras cosas, no te llaman para otros asuntos. Así que estoy contenta por poder contar algunas anécdotas de mi vida como cigarrera.

Además, así también puede servir para que se comprenda un poco mejor que la *Carmen* de las películas no tiene nada que ver con lo que éramos, con lo que somos y con lo que hacíamos en la Fábrica de Tabacos. Las cigarreras hemos tenido muy mala fama toda la vida porque la gente se creía que todas éramos *Carmen la cigarrera.* Yo trabajé toda mi vida ahí, me jubilé ahora hace veinte años, y a los diez años de irme cerraron la fábrica. Mi caso no es el único, aunque las pocas que quedamos de aquella época somos ya mayores. Además, no es solo una cuestión de mi generación: mi abuela, mis tías y algunas de mis primas por parte de mi pare también trabajaron en la fábrica. Muchas gitanas de Triana trabajaron como cigarreras desde el siglo xix. También, y aunque tampoco se ha hablado mucho o nada de esto, las gitanas trianeras trabajaron en varias fábricas de cerámica que había en el barrio. Por parte de mi mare, ella y mi abuela trabajaron en la Fábrica de Cerámica de La Cartuja y en otras fábricas de cerámica que había en el barrio. A muchas de ellas, el polvo ese que salía de la cerámica les produjo enfermedades respiratorias. Las hermanas de mi abuela sí eran cigarreras. Y por parte de mi abuelo también eran todos cigarreros y cigarreras. Siempre hemos estado trabajando. Y después se dice que no trabajamos, cuando yo no he visto otra cosa en mi casa que trabajar para ganarnos las papas.

Sus memorias de la antigua
Fábrica de Tabacos de Sevilla

Bueno, empezando por el principio, recuerdo algunas cosas de las que contaban mis abuelas y mis tías, también las de mi mare, que yo con ella ya estuve alguna vez allí. Que yo sepa, lo primero es que la Fábrica de Tabacos de Sevilla es la más antigua del mundo. O eso se ha dicho siempre. Yo no sé muy bien qué fecha exacta. Tuvo que ser mucho antes de que se llevaran la fábrica a la calle San Fernando, y esto sé que fue en el siglo XVIII porque mi abuela ya estaba trabajando allí. La primera fábrica que se fundó estaba en la Plaza de San Pedro, en todo el centro de la ciudad. Era más pequeñita; bueno, en verdad eran cuatro o cinco casas, nada que ver con dónde la llevaron después ni con el edificio que hicieron. Total, que como vieron que aquello daba dinero, las autoridades decidieron que era mejor hacer una fábrica más grande para vender más. Esta fue la que se conoce como la Real Fábrica de Tabacos de Sevilla, lo que hoy es la Universidad de Sevilla. Era un edificio, bueno, todavía lo es, enorme, muy grande, hecho para muchos trabajadores. Allí llegaron a trabajar más de 2.000 mujeres. Las cigarreras eran mayormente gitanas, porque eran muy valientes y nadie quería trabajar allí. Ellas tenían que atravesar el Puente de Barcas, lo que hoy es el Puente de Triana pero en una falúa que te mojabas toda, sin contar los días de lluvia, el barro, las crecidas del río. Era peligroso. Además, no iban solas, sino que muchas de ellas se llevaban a sus niños siendo bien chinorris. ¿Cómo no iban a llevar un mantón, con el frío que tenían que pasar?

Y el frío no solo se pasaba cuando se atravesaba el río, sino que en la fábrica, esa tan grande, con esas salas y esos pasillos enormes, también hacía mucho frío. Fíjate que mi abuela y mi mare me contaban que ellas y otras se llevaban de la casa una lata pequeñita con dos o tres ciscos, y la ponían a sus pies o al lado cuando estaban trabajando pa atenuar la biruji. ¡Las que tuvieron que pasar! Yo esto ya no lo viví, y si me llevaron de pequeña, no lo recuerdo, aunque sí me acuerdo de que lo contaban muchas gitanas que trabajaron allí. Bueno, eso que te decía, la mayoría eran gitanas. Había hombres también, aunque menos que mujeres. Decían que las mujeres tenían más tacto que los hombres a la hora de manipular las hojas de tabaco. Antes, cuando la fábrica estaba en San Pedro, el tabaco que se hacía era en polvo, no de hoja, por lo que era un esfuerzo más físico que de elaboración con las manos. Los puros se hacían liando una hoja, otra hoja, otra hoja y así hasta no sé cuántas hojas ni cuántos movimientos pa enrollarlos y que quedaran bien. El esfuerzo a lo mejor ya no era tan físico como cuando el tabaco era en polvo, pero también era duro. Muchas de esas cigarreras tenían los dedos doblados, tenían artritis y reuma de tanto liar. Lo sé porque les pasó a las mujeres de mi familia y a otras que conocí; es más, aún con otras condiciones que tuve yo, también me afectaron a las manos. Claro, por aquel entonces, las hojas de tabaco las tenían que meter en un lebrillo para humedecerlas y poder moldearlas. ¡Imagínate el frío que ya llevaban del río, el frío que hacía en la fábrica, el agua en las manos todo el día con ese frío, y repitiendo el mismo movimiento miles de veces en esas condiciones! ¡Lo que te digo, su Tía, unas valientes, nada que ver con la *Carmen* de Mérimée! A ver si se escribe la historia de verdad porque lo merecemos.

Manos y máquinas, condiciones
y condicionantes en la nueva fábrica

Mis experiencias directas arrancan ya cuando la fábrica la trasladan al barrio de Los Remedios, en 1965, y allí ponen la Universidad de Sevilla. Yo entré a trabajar en la nueva fábrica en 1970, siendo una niña, y me jubilé en 2005. De hecho, ya no se llamaba Real Fábrica de Tabacos, sino que llevaba tiempo llamándose Tabacalera. Después, el Gobierno la privatizó y se llamó Altadis. No funcionó el cambio, la cerraron en 2007, dos años después de jubilarme. Pero, bueno, ¿qué pasó con el cambio de un sitio a otro? Pues que de más de 2.000 cigarreras que había en la antigua fábrica cuando yo entré, solo quedamos 500. Esto fue por el cambio que trajo la introducción de las máquinas: muchas cosas que antes había que hacerlas de forma manual, ahora lo hacían las máquinas. Y aunque el trabajo no era como el de nuestras mares y abuelas, seguía siendo muy duro porque las máquinas no lo hacían todo. Al principio, las hojas había que seguir liándolas una a una hasta que trajeron las máquinas, eso sí que nos alivió en ese sentido. Con la de años que he estado, me acuerdo de una máquina con una batea enorme que teníamos que rellenar continuamente con las hojas de tabaco. De ella salían los cigarros ya hechos y los colocábamos con cuidado en un teleférico que estaba por encima nuestra, y este los recogía y lo llevaba a una empaquetadora. Después de empaquetaos, salían las cajetillas de tabaco, y de ahí a otra máquina que les ponía el sello, los unía en cartones, y los cartones los agrupaba en paquetes grandes. Esos paquetes grandes pesaban muchísimo, los cargábamos nosotras cada vez que salían. Eso era continuo, todos los días. Y este es un ejemplo, ¡allí hemos currelao tela tela!

Aunque éramos menos cigarreras que antes, muchas cosas tardaron mucho más en cambiar. Por ejemplo, casi todas éramos gitanas y bastantes éramos familia o nos conocíamos desde hacía tiempo del barrio; por esto también existía esa hermandad de la que tanto se habla de nosotras. Además, y hasta bastante tiempo después de que yo entrara a trabajar, allí se entraba como si fuera un puesto de trabajo heredao. De abuelas a hijas y a nietas, como en mi caso. No había que pasar entrevista, ni echar un currículum ni na, se entraba sobre todo porque las mares se llevaban a los niños y a las niñas allí durante su jornada laboral. Ponían a esos niños en un cajoncito de madera, allí a su lado. Pues claro, así desde chinorris cuando los niños comenzaban a andar y las mares nos decían «¡Tráeme aquello, tráeme lo otro!», íbamos aprendiendo sin darnos cuenta. Entonces no solo eran las trabajadoras, sino que también estaban los niños. Cuando cumplían la edad, pues, muchos se quedaban allí a trabajar, no tenían que pasar una prueba porque allí se habían criado en parte. ¿Qué pasaba? En la antigua Fábrica de Tabacos se entraba con 16 o 18 años, con más ya no entrabas. Así entró mi abuela, así entró mi mare y así entré yo.

Cuando ya cumplías la edad para poder trabajar, si te querías quedar, primero lo hacías de aprendiz y luego con el tiempo te hacían operaria. A partir de esa categoría ya eras fija y se cobraba un poco más y a veces algunas pudieron ascender. Lo peor que llevábamos al principio eran los horarios, hasta que te acostumbras. Había dos turnos, y el que menos nos gustaba era el de mañana. Había que levantarse a las cinco de la mañana porque entrábamos a las seis menos diez, todavía de noche con el trabajito de las sábanas pegás y el frío que hace a esas horas. El turno de tarde era otra cosa, entrábamos a las dos y salíamos a las diez y cuarto de la noche. Ese cuarto de hora de más lo echábamos todos los días del año de lunes a sábado, porque nos obligaban a recuperar todos los puentes y las fiestas que habíamos disfrutado durante el año. Y esto era en los dos turnos; vamos, que en el de la mañana salíamos a las dos y cuarto. Incluso cuando entré a trabajar echábamos dos horas los sábados, y salía a las diez de la noche los sábados. Eso fue mejorando a medida que conseguimos más derechos. Cada vez que lo pienso, en muchas épocas he pasado más tiempo en la fábrica que con mi familia.

Mira, ahora con esto me estoy acordando de *mi* Salud. Porque como te digo, aunque ya la nueva fábrica no eran las mismas condiciones que en la antigua donde estuvieron nuestras mayores, la verdad es que era duro y no a todo el mundo le gustaba. La Salud estuvo trabajando en la fábrica no llegó al año y la despidieron. En el primer año, que es cuando estás a prueba de aprendiz, no puedes faltar. Si faltabas por cualquier cosa importante, tenías que recuperar esas horas o esos días para que te hicieran operaria, para que ya te contrataran fija. Bueno, pues ella tenía fijo el turno de tarde no sé por qué. Resulta que en el tiempo que estuvo allí cada vez que llegaba la hora de entrar, entraba y se escondía en los vestuarios. ¿Qué es lo que hacía? Cogía y, cuando salían las del turno de mañana, ella se pegaba a las demás y salía de la fábrica. Así un día, otro día y otro día hasta que llaman a su mare y a su tío, que fue el que la metió allí a trabajar. Fíjate que la mare la llevaba todos los días a la puerta de la fábrica, pero ella entraba, descolgaba la ficha de picar, se escondía y después salía. Después iban a buscarla y no aparecía por ningún lao. Resulta que ya faltó tres días seguidos, en los que seguramente se le olvidó picar al entrar o, como nos enteramos después, ella pensó que con lo que iba a decir no tenía que hacerlo. Entonces, el jefe llamó a su mare y a su tío, que, como digo, era el que habló para que entrara allí a trabajar su sobrina la Salud. En esa reunión con los tres, el jefe le pregunta a la Salud el motivo por el que ha faltao tres días, a lo que ella contestó que había sido por el fallecimiento de su abuelo. El jefe le dijo que en ese caso trajera el justificante. Cuando llevó el papel al día siguiente, resulta que hacía diez años que su abuelo había fallecido. Por lo que nos enteramos, ella, la Salud, había escuchado que te daban tres días por el fallecimiento de un familiar directo, y cogió esto para no ir tres días sin pensar en la fecha ni en nada. La despidieron. Aquello no le gustaba.

Cómo lo llamamos, ¿empoderamiento?

En la fábrica no solo trabajábamos nosotras, estaban los jefes, había ingenieros, administrativos, médicos, mecánicos para las máquinas, los conserjes, las de la limpieza, los de mantenimiento, los electricistas y otros puestos de trabajo. Lo que sí es verdad es que, quitando las cigarreras y las limpiadoras, en los demás trabajos eran casi todo hombres. Nosotras siempre hemos tenido fama de guerrilleras, de pedir nuestros derechos. Cuando había asamblea, las gitanas éramos las que llevábamos la voz cantante. De esto ya había una tradición de las gitanas mayores, de las que habían trabajado en la antigua fábrica durante generaciones. Y también de las mujeres gitanas y no gitanas que trabajaron en las fábricas de la cerámica, ellas también fueron unas pioneras luchando por sus derechos. De ellas también había que escribir un libro. Total, que nosotras algo habíamos aprendido de ellas y encima estábamos mejor organizadas. Además, dicho en el lenguaje de ahora, estábamos liberadas, lo que hoy llaman empoderadas.

Algunas situaciones que se daban dicen muy bien cómo se las gastaban en ocasiones. Recuerdo al principio de yo entrar, que todavía estaba yo un poco verde y las mayores llevaban la voz cantante. Todavía era todo a mano, no habían traído las máquinas y había que liar los cigarros. Pues bueno, cada cierto tiempo venía un inspector, y a uno ya lo conocían porque era un sieso. Uno de los días que vino este inspector malaje comenzó a poner muchas pegas a los cigarros. El gachó estuvo un buen rato diciéndole a las cigarreras: «Este cigarro está muy corto», «Este cigarro está muy largo»… y así con otras cosas y sin parar. ¿Qué es lo que hicieron las cigarreras? Entre dos o tres cogieron en volandas al inspector, lo metieron en una pila y zarandeándolo pa dentro y pa fuera le iban diciendo: «¡Este por largo!», «¡Este por corto!», «¡Este por largo!», «¡Este por corto!». Cuando se cansaron, lo dejaron. El inspector no volvió más y no echaron a ninguna, una regañina y poco más.

Cada vez que había una huelga y alguna se quería najar, le ponían un delantal donde aparecía escrita la palabra esquirol, aunque pasó muy pocas veces porque casi todas participábamos y era más para el cachondeo. Estábamos muy unidas. Al principio, cuando todavía no estaba la Seguridad Social como ahora, nosotras ya teníamos lo que se llamaba la Caja de Montepío. Entonces, si una trabajadora de la fábrica se casaba y se quedaba viuda y necesitaba un tiempo para recuperarse, luego podía entrar otra vez a trabajar si lo pedía. No recuerdo cuánto tiempo tenía que pasar, pero era así, teníamos ese derecho. Yo nunca me he casado, pero si el marido de alguna enfermaba, o en las situaciones en las que se divorciaban, también podían recuperar su trabajo. La verdad es que la empresa se portó bien, pero nosotras luchamos también mucho. No veas la de horas que echábamos hasta que conseguimos la jornada de ocho horas. Al estar tan organizadas e ir todas a una, cada vez que había asamblea pedíamos que nos redujeran la jornada laboral. Uno de los primeros logros fue el no tener que tener trabajar los sábados. Otro, por ejemplo, fue el de las pagas. Además de nuestro sueldo teníamos cinco pagas, una de ellas la llamaban de beneficios, por lo que cada tres meses teníamos un dinero extra.

Más tarde, también recuerdo que conseguimos la reducción de jornada a cuatro horas si te casabas o tenías hijos para tener tiempo de estar con ellos y con la familia. Teníamos los días legales de vacaciones, y más logros de este tipo. Siempre luchamos por nuestros derechos para que nos pagaran todo como tenía que ser según las leyes de cada momento. Siempre conseguimos que nos dieran hasta la última peseta, hasta el último céntimo que diríamos hoy. Las cigarreras siempre hemos tenido fama de valientes y reivindicativas, hablo de nosotras y no tanto de ellos. Las cigarreras eran las que tenían jurdó cuando la gente no estaba tan bien económicamente. Yo he sido independiente económicamente toda mi vida. Otra cosa es ayudar en tu casa y a tu gente, que es distinto. En ese sentido, no dependíamos de nadie. Es más, en otro tiempo, por mucho que las leyes dijeran que no podíamos tener una cuenta corriente, yo la tenía; que no podíamos alquilar una casa; que no podíamos firmar los papeles de los niños de los colegios..., aunque nada de eso podíamos hacer las mujeres, las del dinero, las que teníamos los dineros éramos nosotras, o sea que... Y, además de esto, la solidaridad entre nosotras, el cuidado que nos dábamos cuando pasaba alguna cosa o había alguna circunstancia complicada. Había mucho compañerismo.

Lo que (nos) queda por contar

El año de la Exposición Universal de Sevilla, la Expo de 1992, me llamaron para trabajar en un vídeo de promoción. Vino a Sevilla la directora, su secretaria, la artista principal y no sé cuántas personas más del equipo. Resulta que cuando la directora me ve, habla con la secretaria para que me diga que tengo que tener una conversación con la artista principal. ¡Encima, en esa conversación yo tenía que improvisar una pelea con ella! Y ¿sabes qué? La protagonista estaba interpretando el papel de *Carmen la cigarrera*. Que no era ni gitana ni cigarrera. Entonces, en la escena la *Carmen* tenía que hacer de floja, de que no le importaba su trabajo, de que estaba por encima de todas, de que solo quería exhibirse. Ya sabes, lo de siempre, los estereotipos de siempre. Así que la actriz protagonista, la *Carmen,* paseaba por la fábrica y nunca barría lo que caía al suelo, ni limpiaba una máquina, o los cajones, o lo que fuera, apenas liaba ningún cigarro, no hacía nada. Total, en esa escena es cuando me dice la *Carmen* que va a dejar un momento el trabajo para irse a fumar no sé dónde, y yo le digo que no con un tono fuerte, le repito un par de veces que tiene que trabajar, que es una fresca. Al decirle que no, tal como venía en el guion, ella me dijo: «¡Es que yo soy Carmen la cigarrera!»; y a mí en ese momento me salió de dentro y le contesté alzando la voz: «Pues ¿sabes lo que te digo? Que si tú eres Carmen la cigarrera, ¡yo soy Lola la cigarrera!». Cuando terminé la frase que me salió así, improvisada como me había pedido la directora, la escuché que gritaba «¡Corten, corten!». Lo que quiero decir con esta anécdota, y con esto ya terminamos, es que habría que contar ese vínculo de esas gitanas con la Fábrica de Tabacos, porque cuántas historias se han contado en torno a nosotras, a ellas, a las cigarreras gitanas como si fuéramos la *Carmen* de Mérimée. ¡Yo sí que soy Lola la cigarrera!

XIV. Venturas y desventuras de una sabia, un mago y su familia

Don Domingo Jiménez,
en este día de primavera,
a los que le doramos la *partía*
ha querido sentarnos a su mesa.
Este Domingo es hombre de gran temple.
Tiene disposición polifacética.
Lo mismo cría sustanciosos caldos
–de lo que puede atestiguar la mesa–
que cultiva gallinas por millares
hasta que pongan huevos de diez yemas.
Hace transportes *al fin del mundo,*
hace del agua gasolina auténtica,
planta un molino encima de un tejado,
del vino de la Palma hace solera,
trafica en cuatrocientas cosas raras,
le saca punta a una estera vieja.

En este relato aparecen una sabia que era una superheroína y un héroe que también parecía un mago. De ambos rescatamos algunas de sus cualidades, bonanzas e infortunios. Con ellos comienza la historia, aunque no son los únicos personajes que aparecerán y la desarrollarán. Son todas

personas reales y hechos verídicos. Ninguna de ellas tiene
capa ni espada u otra arma fantástica, no tienen varitas mágicas ni conservan fórmulas de encantamientos pasadas, no
vuelan ni lanzan rayos con sus manos u otras partes del
cuerpo, no se dedican a quitar vidas o a colonizar personas,
a conquistar planetas u otros mundos. Los y las protagonistas que vamos a conocer vienen de trabajar en la albañilería,
en la venta ambulante, en tareas agrícolas o como produc-
tores y exportadores de vinos, hasta que se esconde el rastro
en el silencio familiar. Esta es la verdadera intención de esta
historia, reconvertir el silencio en palabras dichas y sentidas
en presente. Por tanto, sus presencias están motivadas por el
hecho de que sus portadores y sus poderes fueron ocultados
por los libros, por los cómics, por los tebeos, por las bibliotecas y por sus propios descendientes hasta hace bien poco.
La composición que abre esta narración es la excusa, la llave
que nos permite recomponer y emerger memorias que estuvieron a punto de perderse, que están en riesgo de desaparecer o quedarse estancadas.

Los versos que inician este cuento no sabemos si corresponden a un poema, a una canción, a una alabanza o a todas juntas, que parece lo más probable. Lo que sí sabemos
es que es anónimo, no tiene firma de autor. Si bien, tuvo
que ser una persona muy cercana o que trataba asiduamente con Domingo Jiménez Montes (ese era su nombre completo). Hasta ahora, sus familiares no han podido averiguar
quién la escribió. Si alguien lo sabe o lo sabía, lo mantiene
o lo ha mantenido en secreto y no sabemos por qué, aunque intuimos que fue por sucesos que acontecieron después. Tampoco sabemos cuándo se la dieron, o si no se la
dieron y la encontró, o dónde la tuvo Domingo todo este
tiempo y por qué no la enseñó, o si la enseñó porqué a
quienes se la mostró lo mantuvieron oculto hasta ahora:

¿estarían en peligro sus poderes? De momento, estas preguntas han quedado sin respuesta. Leyendo el poema no parece
que haya motivo alguno para la preocupación. Tal vez la frase «trafica con cuatrocientas cosas raras» es la que puede con-
tener alguna información más susceptible de ser ocultada,
aunque, por lo que sabemos de su vida, puede ser una metáfora para realzar lo buen negociante que fue Domingo:
vendedor ambulante en su juventud y exportador de vinos
ya en su madurez.

En todo caso, el documento nos lo cedió para la ocasión
su bisnieto, Rafael Buhigas Jiménez, aunque es su mama
Almudena Jiménez la que conserva el original. No existe
copia, es muy antiguo, tiene más de un siglo. Cuando lo
heredó, el papel estaba rasgado en varias partes, por lo que
hubo que pegar los trozos y reconstruirlo para que se pudiera leer. Almudena lo tiene metido en una cajita donde guarda muchos recuerdos familiares, que protege como tesoros
que son. La indagación sobre quién era Domingo y a qué
referían esos poderes o cualidades que enuncia el poema es
por sí misma sugerente, y puede ofrecer los ingredientes su-
ficientes para ser relatado como un misterio o asunto de
interés. En todo caso, los mutismos y las prudencias que se
han mantenido en la familia de Domingo, hasta que su nieta Almudena se lo cuenta a su hijo Rafael, han puesto un
punto de complejidad en todos nosotros para reconstruir
los periodos de silencio. No es algo extraño. Esto sigue sucediendo, casi estamos seguro, en no pocas casas gitanas que
han pasado por procesos similares o casi idénticos. Estos
silencios señalan que quedan muchos episodios de nuestras
propias historias por descubrir y contar, reconociendo que
no todo puede ser contado ni cantado. Es por esto, que la
historia de Domingo y sus descendientes no está narrada
más allá de su círculo familiar más íntimo (muy íntimo,

diría yo). Tan cerrada y limitada ha sido su difusión que, en un primer momento, tuvimos dudas de que formara parte de esta selección. Este es el verdadero inicio de este relato, cuando años atrás varios de sus descendientes comienzan a investigar sobre sus orígenes y ascendencias. Almudena Jiménez desveló este secreto a su hijo Rafael, y este comenzó a desandar el camino. Hemos de reconocer que los poderes de sus antepasados son irrecuperables. Los silencios y los borrados tal vez puedan recomponerse.

La Tata Antonia y su nieto Domingo, poderes y magias

Según los censos y los registros parroquiales, desde el siglo XVIII se tiene conocimiento de que Domingo y su familia estaba asentada en varias localidades cordobesas muy cercanas entre sí, Doña Mencía, Cabra y Lucena. En estos tres lugares se desarrolla esta historia, hasta que desaparece y reaparece en Madrid. Sabemos, además, que nació en Doña Mencía alrededor de 1898, fecha simbólica por las independencias de Cuba y Filipinas. En este tiempo arranca una parte del recuerdo familiar, sobre todo a través de la abuela de Domingo, Antonia Borrallo Priego. Junto al poema, su tataranieta Almudena Jiménez conserva el original de una entrevista que le realizó el periódico *La Voz de Madrid* en 1928. ¡En el momento de la entrevista la Tata Antonia tenía ciento tres años! De ese documento rescatamos algunas de sus memorias, considerando que lo que dijo contiene asuntos interesantes de tipo personal, histórico y político. La Tata tenía casi 80 años cuando su marido Bernardo Jiménez falleció. Desde que esto sucedió apenas salía de la casa, excepto algunas veces que en compañía de uno de sus nietos iba al patio a que le diera el sol en la cara.

No es que no pudiera moverse, aun con su edad, sino que no le apetecía como no fuera para algo que le resultara interesante. Pasaba la mayor parte del tiempo sentada en su gran sillón, atendiendo la compañía y las consultas continuadas que le trasladaban los miembros de su numerosa familia. No la dejaban sola ni un instante. Solo se movía de su trono para comer, para irse a su cuarto a dormir, para ir al patio y cuando había asuntos relacionados con las labores del campo. Para todo y para todos, era la consejera de la familia.

Tuvo cinco hermanos, cuatro mujeres y un hombre; este último, cuenta ella, era soldado y murió muy joven en la Guerra de África en 1859. De su matrimonio nacieron nueve hijos y se murieron todos excepto su hija Francisca Montes, que era la mama de Domingo. Si Francisca no hubiera vivido hoy, no estaríamos contando esta historia; literalmente no hubiera existido esa posibilidad. De su hija Francisca nacieron 8 nietos, y de estos fueron 32 bisnietos. Era ciega, le pasó a los años de fallecer su cónyuge. Era prácticamente sorda. Aunque no podía ver y apenas escuchar, tenía varios sentidos muy muy desarrollados. Era capaz de reconocer a su hija, a sus nietos y a sus bisnietos solo con el tacto, solo con tocarlos. Y no era lo único extraordinario. Tantos años de sabiduría le habían dado un sentido del gusto y del olfato fuera de lo común. Si bien pasaba mucho tiempo en el sillón, en las fechas en las que había recogida de la cosecha, o de elaboración del vino, o de las matanzas y la preparación de las morcillas, de los chorizos y demás, ella era la cataora, la que sabía si le hacía falta sal, pimienta o cualquier otra especie, o lo que le hiciera falta a aquello para que estuviera *en su punto*. Conocía al detalle los procesos de elaboración y las proporciones exactas para que aquellos productos tuvieran un sabor y una textura perfectas. Ella tenía la última palabra, no fallaba. Era como una superheroína de los cuentos y de los cómics, pero de verdad: longeva, sabia y con sentidos muy agudos para su edad; conocedora de los entresijos de la salud; guía para los cuidados y el cariño; conocedora de la alquimia necesaria para trabajar con las cantidades, los sabores y las texturas de los alimentos. Capacidades todas ellas fuera de lo común que poseyó, que transmitió a la siguiente generación y que nunca perdió durante su vida.

Por esto iría el periódico a entrevistarla desde Madrid, porque era conocida más allá de su casa o de su ámbito familiar. Por su edad había vivido muchos acontecimientos que todavía guardaba en su memoria, algunos de los cuales relataba de vez en cuando y que también señaló en la entrevista. Recordaba uno, cuando ella tenía diez años de edad, que tuvo mucha repercusión en el pueblo, en Doña Mencía, relacionado con unos hombres que fueron traídos de Córdoba por unos soldados y fueron fusilados en la tapia del cementerio (afortunadamente ella no sabía entonces que, tiempo después, también le tocaría a su familia –hasta donde sabemos, la adivinación no era uno de sus poderes–). Según las fechas, todo apunta a que tuvo que ser un suceso relacionado con algunas de las dos primeras Guerras Carlistas. Tan buena era la memoria de la Tata que se acordaba del nombre del militar que estuvo al mando de la ejecución, un tal Calixto. Como había vivido tanto, sus recuerdos podían ir para detrás y para adelante, de forma que hiló este hecho con el jaleo que se montó en el pueblo cuando expulsaron a los Dominicos del convento y se llevaron hasta las campanas de la iglesia. Tenía memoria para todo, se acordaba de las epidemias de cólera, de los periodos de hambruna, de muchas experiencias que habían acontecido en Doña Mencía y en los alrededores. Y ahí seguía con su edad, como una superheroína que libró a todos de muchas penurias, que nos enseñó el valor y la fuerza de la familia, lo que es resistir con amor. Tal es la veneración, la gratitud y el reconocimiento que se le tiene en la familia, que varios de sus miembros conservan en las paredes de sus casas una foto ampliada de la Tata Antonia sentada en su sillón-trono.

En cuanto a Domingo, sí que conocemos por su familia bastantes anécdotas de él, como también por algunos testimonios orales de personas que lo trataron toda su vida en el pueblo y en las poblaciones cercanas a Doña Mencía. Sabemos que se casó con Isabel Priego Vera, y que ambos heredaron una parcela de tierra que permitía vivir a su familia con comodidad. Tuvieron cinco hijos: Mercedes, Agustín, Isabel, Matilde y Angelita. Ya saben por la Tata Antonia que, además de los animales, tenían vides, se dedicaban a cultivar la vid, a elaborar, criar y exportar vino. Ese vino tenía lo que hoy llamaríamos *denominación de origen*. Era de una calidad tal que se exportaba a toda España anunciándose en periódicos y radios de toda la península como *vino Fino de Moriles*. Tal como señala el poema del inicio, cuando dice «cría sustanciosos caldos, de lo que puede atestiguar esta mesa», estos brebajes tuvieron que ser muy apreciados. Y, claro, aunque era una familia extensa, tendrían que estar en una posición económica que no les hacía pasar fatigas para comer. Los contratiempos sucedieron después, y no fueron provocados por los dineros. La cuestión es que la avaricia o la codicia no eran condiciones de este mago, ni de su sabia abuela ni de su familia. Sabemos por testimonios directos que los recursos producidos en la casa de Domingo no solo eran repartidos o consumidos entre ellos, o dedicados a la venta, sino que además «hacía transportes al fin del mundo». Seguramente, esos «huevos de diez yemas» que ponían sus gallinas ayudaron a quienes fueran a paliar algo el hambre en momentos de dificultad o escasez.

No podemos conocer con seguridad a qué se refería el escritor anónimo con estas expresiones; lo que sí sabemos es que Domingo y sus familiares tuvieron fama de repartir y de auxiliar durante toda su vida a sus convecinos más necesitados. También fue uno de los que más apoyó la Semana Santa en el pueblo y en las localidades cercanas, llegando a ser incluso presidente de la Asociación de Cofradías de Semana Santa y presidente del Círculo de la Amistad de Cabra. No sé si por esto, por el cariño de las personas, llegó a ocupar el puesto de primer teniente de alcalde de Doña Mencía antes de que estallara la Guerra Civil. ¡Qué cosas!, aunque no sabemos si esto fue el inicio de otros acontecimientos que torcieron su historia. O, más que la suya, que falleció por *causas naturales,* fueron varios de sus familiares los que tuvieron que sufrir las consecuencias, las violencias y los sinsentidos de aquella contienda. Aun en tiempos de guerra, Domingo defendió estos valores de solidaridad, ayuda y compromiso, y los transmitió a su descendencia durante toda su vida. Más allá de lo que pueda tener o no de fábula, cuando el desastre llegó a Doña Mencía los más mayores contaban que el hijo de Domingo, Agustín Jiménez (pare de Almudena y abuelo de Rafael), protegió a su familia de las bombas de los aviones; los metía en su tierra y en su casa, incluso su hermana aseguraba que ponía su cuerpo a modo de escudo cuando comenzaban los bombardeos para protegerla. Este es un ejemplo. Agustín hizo lo que le habían enseñado en su casa. Sabían él y los demás que Domingo era un héroe, un mago o, tal vez, algo más sencillo y complejo a la vez: una buena persona. Aún se recuerda la presencia multitudinaria en su funeral y el gran duelo que hubo en todos los pueblos de la comarca, cuando Domingo falleció en 1952 a los 61 años.

Hasta que todo se tuerce,
se pierden los poderes, la magia, ¿los recuerdos?

A partir de aquí, no hay consenso familiar para reconstruir los trozos de memoria que aún se conservan por línea materna y por línea paterna. En parte, aquí se corta la historia. No es que los descendientes de Domingo desconozcan los episodios que sucedieron tras finalizar la Guerra Civil, sino que la huella que dejó en algunos de ellos es muy profunda, muy complicada de digerir y de comunicar. Por esto decimos en parte, porque hay asuntos que algunos familiares directos prefieren que sigan permaneciendo en la intimidad. Hasta ahora, muchas de las acciones acometidas por nuestra heroína y nuestro mago surtieron efecto. Sin embargo, estos poderes comenzaron a disminuir hasta que desaparecieron. No hubo tiempo ni contexto favorable para que pudieran transmitirse las destrezas que, junto a las cualidades, se necesitan para que alguien sea considerado un mago, una sabia o una heroína por su comunidad. Como ya saben, antes del fatídico 1936, Domingo e Isabel tuvieron cinco hijos. De entre ellos nació Agustín Jiménez Priego, que, tras dejar Cabra con apenas 13 o 14 años en busca de una mejor vida, pasó por diferentes lugares para invertir el dinero ahorrado en educación. Así hasta que llegó al Madrid de la posguerra, donde se juntó con otra familia de los mismos orígenes; andaluces, lucentinos y gitanos, exiliados también en la capital tras la contienda. De esta forma, co noció y contrajo matrimonio con Ana María. Ambos son el pare y la mare de Almudena; ambos son los abuelos maternos del primo Rafael. Ellos son los siguientes protagonistas, con ellos y ellas gira la historia por completo. Son ellos y ellas los que nos transportan hasta los siguientes sucesos, a estas letras y a las posibilidades de rescate de esos otros acontecimientos que sí se pueden contar. Las experiencias en este caso son directas, tan directas que, hasta los últimos años de su vida, Agustín Jiménez vivió con su hija Almudena y con su nieto Rafael en Madrid.

Quienes sean buenos observadores habrán comprobado que se ha omitido conscientemente el primer apellido de Ana María, que por tanto es el segundo apellido de Almudena. Estas indicaciones muestran por dónde transitan una parte de los silencios familiares. Lo único que podemos contar al respecto es que antes de conocerse y casarse, con toda Córdoba tomada por las tropas franquistas, Agustín Jiménez y Ana María decidieron marcharse a Madrid. La decisión fue forzada, es decir, tuvieron que decidir entre la incertidumbre de no saber si serían los siguientes en el pueblo o huir de allí y comenzar una nueva vida. Optaron por la segunda opción. Madrid era una ciudad grande y pensaron que allí podrían pasar desapercibidos. ¿Fue acertada la decisión? Eso solo lo pueden responder sus familiares más directos, aunque si consideramos la vida como el bien más preciado, fue un acierto corroborado por la continuidad vital que atestiguan su hija Almudena y ahora sus hijos. Agustín Jiménez y Ana María tuvieron que tomar una decisión importante cuando najaron para Madrid; bueno, dos. Una fue la de separarse de los familiares que se quedaron; la otra fue contrarrestar las posibilidades de ser identificados como gitanos en el espacio público. Mientras esto pasaba fuera, en la intimidad familiar la Gitanidad era vivida, celebrada y transferida a sus hijos y a sus nietos.

Más que una anécdota:
sobrevivir a la necesidad, convivir con la memoria

Esta es una *pequeña* historia que se recuerda y transmite hasta el día de hoy en la casa de Almudena y Rafael. La protagoniza Agustín, y fue registrada en audiovisual. Ya estaba en Madrid, era mayor, hacía algunos años que la dictadura había finalizado. Ese día, un día entre los días, la familia estaba reunida. El abuelo Agustín no era persona de estar todo el día hablando, no era parlanchín, tal vez por esto sorprendió a todos el interés que puso en contar aquello. Además, hasta ese momento nadie de la familia lo sabía. Lo había mantenido en secreto. Como pueden imaginarse el ambiente era distendido. Alguien comenzó a grabar con una cámara de vídeo. Justo antes de que dijera nada, los demás estaban hablando de las últimas novedades televisivas, especialmente de los documentales que tanto le gustaban al abuelo. En un momento, varios de los asistentes comenzaron a comentar en primera persona algunos de los episodios históricos que estaban apareciendo en la televisión. Aunque al principio pasó casi inadvertido, la charla y el documental funcionaron como resortes de su memoria.

En voz baja el abuelo Agustín comenzó a tartamudear algo relacionado con la «guerra de Franco». Entre las voces y las copas de vino, entre cada sorbo que les recordaba la herencia de su gente y de su tierra, con el ruido no pudieron escucharle con claridad. Una de sus hijas, que estaba sentada junto a él, sí que se dio cuenta de que quería decir algo y pidió a los demás que prestaran atención. No era habitual que el abuelo quisiera hablar así de algo, para todo el mundo. No sabemos si el documental le trajo al presente los traumas o lo que fuera, pero quería hablar. Entonces, cuando todos quedaron en silencio, su hija le preguntó:

—Eso era cuando vendías y todo aquello, ¿no?

—Así es, porque la dictadura empezó y llegaron las matanzas. Había que aprovechar cualquier resquicio para ganarse la vida, como me había enseñado mi padre Domingo. Y eso, pues mi padre y yo le sacamos 500 pesetas a un vecino —contestó el abuelo—.

—¿Cómo? Pero ¿qué pasó?, ¿quién era esa persona y de dónde sale ese dinero? —volvió a preguntar su hija, ante el asombro de todos—.

—Pues nada, mi padre y yo vendimos un retablo de Franco, que con el tiempo supimos que, aunque pasó por original, era realmente una copia mal hecha —contestó el abuelo, arrancando las risas de los asistentes—.

—¡500 pesetas de aquella época es un robo! —exclamó otra de sus hijas—.

—Bueno, pero es que en aquellos momentos era todo… —y se paró en seco, dejando así la historia incompleta—.

Agustín quedó en silencio, más allá de la anécdota, aquellos momentos no le traían buenos recuerdos. Alguien de los presentes intentó darle la vuelta a la situación y comenzó a decir que Domingo era un comerciante perspicaz y astuto, aunque no tenía conocimiento de este episodio. No tuvo ningún efecto, ni en el abuelo ni en los demás. Ya no hubo manera de que siguiera con el relato. Las risas se apagaron, todos quedaron en silencio durante un buen rato. Estos silencios, que hablan de los dolores padecidos en la guerra y durante la posguerra, pueden convertirse en olvido y, definitivamente, en borrado o pérdida de las memorias. Pasado un tiempo, el abuelo Agustín rompió el silencio, muy inteligentemente, diciendo que se ponía fin a la conversación y que apagaran la cámara que estaba grabando. No podemos decirles nada más: en la cinta original se produce un corte cuando sucede esto, y en la escena siguiente aparecen los más pequeños de la familia cantando y bailando en la habitación contigua.

De vuelta al presente. Lo que sí se puede reparar

Las historias que se cuentan están vivas, aunque corremos el riesgo de que las memorias no siempre tengan la posibilidad de llegar a las generaciones venideras. Una de las motivaciones de esta selección de cuentos e historias es la de tender puentes que nos ayuden o permitan atravesar o superar desmemorias. El objetivo no es cuantitativo, sino cualitativo. No se trata de cantidad, sino de realidades vividas que son similares a otras experiencias que sabemos se mantienen ocultas. No es necesario contarlas todas, o contarlo todo de cada una de ellas. Las experiencias de Domingo y su familia son un ejemplo representativo de otros casos muy parecidos o casi idénticos. Tal es así que si cambiamos unos nombres, unos tiempos y unos lugares por otros, nos encontramos con trayectorias que han tenido un recorrido semejante. Por esto, pensar que somos capaces de explicar o de contar la totalidad de cualquier fenómeno, relato o historia, es solo un engaño que continuamente demuestra su imposibilidad real. Los protagonistas y narradores de los cuentos que aquí aparecen no han caído en esa trampa. Conocen los vericuetos de lo que se puede decir y de lo que no. Aquí, como saben, estamos centrados en lo que se puede decir y contar, y quiénes y cómo lo pueden decir y contar. Y esto nos parece interesante porque estos silencios tienen al menos una característica que sí está contando cosas: todos los casos refieren a dolores o a traumas tan grandes que cuesta nombrarlos y rememorarlos. Asimismo, estos ocultamientos proporcionan una segunda información en forma de pregunta: ¿por qué se mantienen estos silencios aún en la actualidad? Como entenderán, la respuesta no nos corresponde abordarla aquí sin permiso, es responsabilidad de cada familia y este es un acuerdo de respeto inquebrantable. Lo que sí podemos decir es que cuando Agustín y Ana María se marcharon a Madrid, decidieron que no dirían que eran gitanos, aun sabiendo que sus familias lo eran. Este silencio se mantuvo en el espacio público y se rompe paulatinamente en el entorno familiar a medida que van naciendo sus hijos y, más aún, cuando nacen sus nietos hasta hoy.

XV. Vicente Jiménez Vargas, *el Habanero*

El relato que viene a continuación está contado por José Manuel Gabarri Gabarri, descendiente directo de nuestro siguiente protagonista. Respecto a las que hemos podido leer hasta ahora, las dos historias que recogemos a continuación nos desplazan hacia el norte, hacia León y Asturias. Ambas corresponden a historias que están vivas en su casa, en su familia, desde hace casi tres siglos. Son relevantes porque sitúan sus orígenes y sus entronques familiares, y estos son aspectos muy importantes de conocer en las casas gitanas. Como dice el primo José: «Esta y otras historias que nos han contado nuestros mayores, nosotros las hemos atesorado en nuestros recuerdos para transmitírsela a los más jóvenes». Como en los cuentos que hemos seleccionado, este tesoro oral toma el formato escrito para ampliar su protección y para ampliar su difusión. Al igual que en los anteriores y en los que vienen, junto a la importancia de las anécdotas nos interesan sobre todo los mensajes, las posibles enseñanzas que pueden mostrar, las conexiones que nos pueden ayudar a descubrir y a explorar. Este aprendizaje a partir de historias no contadas nos ayuda a completar puzles de memorias que se encuentran difusos; no corren el riesgo de perderse, sino de quedarse en un contexto tan reducido que les impida conectar con otras historias familiares y con otros públicos interesados. Uno a uno, estos relatos, cuentos, fábulas, leyendas, canciones y otras composiciones que van apareciendo, tal vez pueden permitirnos contar la historia o nuestras historias de otra forma, a nuestra forma y por nosotros mismos. Con relación a esto último, les adelantamos que esta historia comunica con un asunto que ha sido señalado reiteradamente por gran parte de los colaboradores de esta selección: es un enigma que está presente y sigue sin resolverse, aunque no podemos extenderla en esta selección. La pregunta es la siguiente: ¿de dónde vienen *los Negros de Ronda*?

Lo que se cuenta del *Habanero*

Lo cierto es que hubo varias versiones de la vida de Vicente Jiménez Vargas. Algunos decían que fue uno de los apresados en aquellos días que se intentó detener y exterminar a todos los gitanos de España. Aquí dicen que, tras detenerlo, lo enviaron a Cuba cumpliendo pena remando en galeras; otros, que lo vendieron como esclavo a un cacique que se lo llevó a Cuba; otros señalaban que lo condenaron a trabajos forzados en las minas; incluso hubo otras interpretaciones que contaban que, en realidad, trabajaba en el ejército. Todas se inician a mediados del siglo XVIII. Sea una u otra, todas tienen relación con la primera versión que es la que quedó y se cuenta en nuestra familia. En lo que sí coinciden todas es que era una persona de un tamaño enorme; dicen nuestros viejos que medía más de dos metros y que sus espaldas eran de un metro de ancho. Del Tío Vicente cuentan que estuvo metido en varias reyertas y peleas, y que en una de ellas le echaron la culpa de matar a unos militares españoles, aunque este hecho nunca se demostró. No sabemos si esto fue antes de que lo apresaran o ya estando preso, o de que lo vendieran como esclavo. Sea como fuere, este fue el motivo por el que cuando algunos regresaron en los barcos que venían de América después de cumplir su condena, a él no le dieron la libertad: nunca llegó a ser un ciudadano español. Es por eso, porque había estado en Cuba, que lo llamaban *el Habanero.* Como digo, a su regreso a España la cosa no mejoró: lo condenaron a trabajos forzados en el campo. Lo llevaron a una finca o a un cortijo y lo que hicieron es atarlo con unas cadenas que llevaba todo el tiempo. Lo trataban no como a una persona, sino como a un buey de carga. Aquí se cuenta que andaba con las cadenas durante todo el día, y que por la noche lo ataban además con una cuerda a un molino en el que tenía que trabajar muchos días moliendo el trigo.

Precisamente, en esa casa donde pasaba los días y los años como un esclavo, había otra esclava que era de Marruecos a la que llamaban *la Mora.* Ella, de la que no sabemos el nombre, sintió mucha pena y mucha compasión por la situación que sufría Vicente. Tanta pena le inspiró por lo mal que lo trataban que, un día, sin que nadie se percatase, ella cogió una lima y se la entregó al *Habanero.* Gracias a este regalo inesperado pudo preparar su huida. Pacientemente cortó sus cuerdas y cadenas con la lima y pudo najar de allí. Cuentan los viejos y las viejas que estuvo tres noches y dos días enteros corriendo; ¡sus piernas eran tan largas que con cada zancada parecía que volaba! Al oscurecer, en la tercera noche de su huida, se encontró con una familia gitana. Respetuosamente se acercó y preguntó quién era la persona más anciana o el gitano de respeto, para pedirle permiso y así poder quedarse a dormir con ellos. También les pidió si era posible que le dieran algo de comer y de beber, porque, después de su cautiverio y de tres días corriendo sin meterse nada en el cuerpo, estaba desfallecido. La familia gitana, muy hospitalariamente, aceptó su compañía y le dio alimento y bebida.

Al amanecer, les despertaron unas voces que por los ruidos calcularon que se trataba de un grupo de entre ocho y diez personas. Se les escuchaba avanzar gritando a viva voz que había que matar a todos los gitanos por ser brujos y hechiceros. Mientras se acercaban, algunos miembros de la familia le explicaron apresuradamente a Vicente que aquella gente se había portado muy mal con ellos desde que llegaron allí. Entonces, en venganza por el maltrato recibido, ellos les habían metido cabezas de cerilla a unos trozos de carne que luego le echaron de comer a los animales de aquellas personas. Y así, al poco tiempo vieron que sus animales enfermaron y en ese momento fue cuando empezaron a creer que todo se trataba de brujería. Por eso iban a por ellos, para apresarlos por hechiceros. Tras escucharlos atentamente, y viendo que aquellos gitanos estaban en serio peligro, les dijo que huyeran todos de allí, que él los detendría. Tras pronunciar esas palabras arrancó de cuajo el tronco de un cercado que había justo al lado de donde habían acampado esa noche. Cuando ya la familia se había marchado, *el Habanero* salió corriendo a enfrentarse con ellos. Estaban muy cerca, se los encontró muy rápido, y allí comenzó la pelea. Después de haber herido a más de la mitad, uno de los del grupo dio al resto la orden de retirada. Era el alcalde del pueblo donde residían los atacantes que, al ver cómo aquel hombre de fuerza sobrehumana iba a acabar con todos, pensó que era mejor irse.

Después del enfrentamiento *el Habanero* se marchó a toda prisa en busca de la familia gitana. Al darles alcance, y tras contar algunos detalles del encontronazo, les dijo:

—Yo ya no tengo familia, ¿podría quedarme con vosotros?

—Pero ¡si eres gachó y nosotros somos roma; somos *los Negros de Ronda*! –le contestaron varios a la vez–.

Entonces fue aquí cuando *el Habanero* les explicó que él también era roma, que también era gitano como ellos, pero que hacía muchos años le habían llevado preso a Cuba en las galeras y de aquí el apodo. Luego les narró sus andanzas y su vida como esclavo, y cómo otra esclava de Marruecos le había ayudado a escapar estando amarrado a un molino. Tras contarle toda su vida, la familia lo aceptó, lo acogió y pasó a formar parte del grupo como uno más. No pasó mucho tiempo hasta que se casó con una de las mujeres que componían aquella familia que le había acogido con tanto cariño…

Sabemos por las historias que cuentan nuestros mayores, que los bisnietos de Vicente *el Habanero* fueron desde Zaragoza hasta Asturias a trabajar en las minas. Tenemos constancia a través de dos de sus descendientes directos, *el Trinitario* y su mujer *la Dubligis,* que vivían en Zaragoza. Esta mujer acabó viniendo a Asturias para trabajar en las minas de una empresa que se llamaba Duro Felguera. Cuando estuvo un tiempo trabajando allí y vio que el trabajo era bueno, volvió a Zaragoza a buscar a sus hermanos *el Carbonero* y *el Yadre.* Y después se fueron todos para Asturias. De esta manera puede verse cómo prácticamente casi todos los gitanos y las gitanas en Asturias descendemos del *Habanero.* Además, es curioso esto porque es una forma de constatar una segunda fase de la historia de los roma, de los gitanos aquí en España. Digo esto porque después del intento de genocidio, como no tuvo éxito, es a partir de este momento cuando se empezaron a crear muchas más familias gitanas. La abuela *Dubligis,* cuando llegaba la Navidad, siempre alzaba su copa brindando por *los Negros de Ronda.* Y así sigue hasta hoy en nuestra casa. Todo este contenido histórico está recogido únicamente en los relatos y en las memorias que conservan y nos cuentan nuestros mayores; ellos son nuestros tesoros más preciados.

XVI. La leyenda que nos lleva a la historia de *los Piravelas*

La historia siguiente también forma parte de las memorias que se conservan y transmiten hoy día en la casa del primo José Manuel Gabarri. Como él mismo señaló en una de nuestras conversaciones:

Esto que voy a contar ahora comenzó mucho antes de mi tatarabuelo. Aquí se explica cómo y por qué dejaron de ser quinaores y comenzaron con la venta ambulante. La contaba mi abuelo en momentos muy puntuales por lo terrorífica que era. Mi abuelo, *el Queño,* era un gitano grande y moreno que, después de meterse en líos muy serios en León, junto con su amigo y compañero de andanzas el Tío *Ajito* tuvieron que marcharse de esa ciudad porque la Guardia Civil los estaban buscando. La solución para escapar de aquella situación la buscó un gitano de Asturias, casándolos a los dos con dos asturianas que no conocían. Esto fue muy llamativo, porque mi abuelo tenía 14 años y mi abuela Nieves tenía en aquel entonces 24 años. Entonces, los dos viajaron en un tren hacia Asturias. A su llegada los estaban esperando los sobrinos de mi abuela: el Tío Manolo, padre de Román, y unos cuantos más que fueron a recibirlos. Contaba mi abuelo que nada más llegar y saludarse se pusieron de fiesta a cantar y a bailar, así que tardaron un día entero en aparecer por la casa de la familia de mi abuela.

Un tiempo después de esto, cuando ya se habían establecido, el resto de los hermanos de mi abuelo y su padre *el Piravelas* se vinieron a Turón, un pueblecito de Mieres. Según mi abuelo, el motivo por el que najaron a Asturias es porque aquí se vivía y se comía, y en cambio en León se quitaban el hambre a *cachabazos*. Esto era así literalmente: cuando tenían hambre cogían las cachabas y se liaban a cachabazos unos con otros, para olvidar los ruidos que salían de sus estómagos. En esos tiempos, mi abuelo, mi bisabuelo y los hermanos de mi abuelo, el Tío Domingo y el Tío Alfredo, era todos quinaores. Es decir, que se dedicaban a pasar por los montes el ganado robado en Asturias hasta León. Aún recuerdo con mucho cariño lo mucho que me gustaba cuando siendo yo un chinorri subíamos el Puerto de Pajares con aquellas furgonetas todas destartaladas. Por dentro de los vehículos todos nos sentábamos en sillas de cocina y mi abuelo comenzaba a narrar las historias. Él me iba señalando los distintos lugares por los que pasaba en su época de quinaores. De entre esas historias y de esos momentos siempre recuerdo algunas. Por ejemplo, me señalaba en un momento del viaje una cueva a la que llamaron *La cueva de las mulas,* en la que solían quedarse desde el amanecer hasta el anochecer para poder pasar el ganado de un lado a otro, siempre por la noche. También otra en la que relataba que en esos tiempos muchas personas se dedicaban al contrabando en aquellas montañas, y que también pudo conocer a muchos guerrilleros con los que hacían trueques intercambiando café por tabaco, o simplemente les guiaban cuando alguno de estos guerrilleros se perdía.

Mi abuelo era un gran contador de historias. Era de esas personas que son capaces de encandilar a los niños durante horas alrededor de una hoguera. Contaba una historia tras otra. Todas eran divertidas y entretenidas, de todas siempre sacábamos algunas enseñanzas. Una vez, con muchos niños alrededor de la lumbre, nos contó una historia que jamás olvidaré y que, cada vez que viene a mi mente, hace que se me erice todo el vello del cuerpo. Es el acontecimiento que explica, como decía al comienzo, porqué dejaron de ser quinaores y empezaron a dedicarse a la venta ambulante de *lotes,* que era como se llamaba en aquella época a los cortes de tela en el mercado de Fontán, en Oviedo. A partir de aquí ya no quisieron volver a saber nada relacionado con el ganado.

¡Un encuentro que provocó un cambio de vida!

La historia se inicia cuando a mi abuelo, a mi tío Domingo y a mi tío Alfredo les dijeron que en cierto pueblo había unos potros muy buenos, y que no podían dejar pasar esa oportunidad. Así, los tres hermanos se presentaron en el lugar que les habían indicado. Al llegar y acercarse a las cuadras no vieron nada, no había ningún potro ni nada por el estilo allí dentro. Al percatarse de que todo estaba vacío comprobaron que en aquel lugar no vivía nadie, estaba abandonado. Cuando ya estaban a punto de irse vieron un cabrito muy pequeño del que no se habían percatado en el primer vistazo. Como no querían irse con las manos vacías, uno de mis tíos cogió al animal y se lo dio a mi abuelo, que fue el primero que lo cargó a su caballo sujetándolo entre sus piernas. No había pasado ni un minuto desde que salieron de allí en su camino de vuelta, cuando mi abuelo se percató de que al cabrito le estaban creciendo las patas y los dientes. Se detuvo, paró el caballo, y cuando miró directamente al chivo vio que el animal le miraba y se reía de una forma que se le heló la sangre. Incapaz de soportar aquella mirada, se lo pasó a su hermano. Cuando mi tío Domingo lo cogió, se asustó aún más al ver cómo, efectivamente, seguían creciéndole las patas y los dientes; de repente, con el animal todavía en los brazos, aquel cabrito abrió la boca y lo llamó por su nombre: «¡Domingo!». Incapaz de asimilar todo aquello, creyendo que sus ojos les estaban jugando una mala pasada, le pasó el animal a su hermano Alfredo. Y lo mismo le pasó al tío Alfredo cuando lo cogió; él creía que se salía el corazón del pecho al escuchar cómo el cabrito comenzaba a hablar con él.

Sin saber muy bien qué hacer, comenzó a llamar a gritos a sus hermanos, aunque estaban al lado. Cuando se acercaron un poco más, mi abuelo y el tío Domingo se quedaron horrorizados al ver cómo el cabrito llevaba ya las patas arrastrando por el suelo. Aunque esto era espeluznante, lo que realmente terminó por meterles el miedo en el cuerpo y se apoderó de cada uno de ellos fue lo que el animal les dijo:

> Os echaré una maldición terrible para que nunca más volváis a robar. Sabréis hasta dónde llega mi poder en cuanto cometáis el siguiente robo. Yo era un niño, un niño al que estaban enterrando en el justo momento en el que entrasteis en las cuadras y me robasteis. Ese pobre niño me quería tanto que murió abrazado a mí, y como nadie pudo liberarme de sus brazos, tuvieron que enterrarme con él. Pero ya estáis viendo que yo no morí. Desde ahora os anuncio que nunca podréis matarme y que, de hoy hasta el final de vuestros días, volveréis a verme cada vez que robéis algún otro animal. Esta noche solo os estoy advirtiendo, así que tened mucho cuidado si no queréis descubrir lo que pasará en la próxima ocasión que nos volvamos a ver. Porque nos veremos si volvéis a robar, podéis estar seguros de ello. Es una promesa, y siempre las cumplo.

Desde que pasó esto, toda la familia hasta hoy nos hemos dedicado a la venta ambulante. Un trabajo que, a partir de ese momento, siempre nos ha dado muchas alegrías: como la que dio mi tía Lola al ser de las mujeres pioneras, fueran payas o gitanas, en sacarse el carné de conducir en León. No le quedó más remedio que hacerlo porque era para ayudar a la familia en el transporte de la mercancía hasta el mercadillo. O mi propio abuelo, que después de aquel episodio con el cabrito, llegó a convertirse en un gitano muy respetado. El abuelo se dedicó en cuerpo y alma al comercio de productos textiles. Fue uno de los cinco primeros gitanos que empezaron a vender en el mercado en Asturias. Esto anterior es algo que personalmente siempre he valorado mucho y me ha llevado a hacer un esfuerzo importante para conservar este trabajo y este puesto que tengo, así como para que no se pierda y continúe en mi familia. Hoy son mis hijos los que están aquí. Así que el puesto ha ido pasando de generación en generación durante más de cien años, cuando tras el suceso fantástico que he comentado se cierra una etapa y comienza otra que llega hasta hoy. Así que aquel espantoso encuentro, una noche de hace muchos muchos años, marcó el destino de toda una familia, la familia de *los Piravelas*.

XVII. José de los Reyes Vargas, un héroe con el agua hasta el cuello

Esta que viene a continuación es otra de las *pequeñas* grandes memorias que venimos recogiendo a lo largo de estas páginas. Como la mayor parte de composiciones que aquí aparecen, la presencia del siguiente relato no fue premeditada o producto de un diseño previo. Surgió fortuitamente en un encuentro que mantuvimos mi primo José Vega de los Reyes y yo a finales de septiembre de 2024 por otros asuntos que no tenían nada que ver con este libro. Aunque aceptó desde el principio y tenía una idea muy clara de cuál podría ser la historia, antes quería consultarlo con su mama y con sus tías: su mare Herminia, su Tía Carmen, su Tío Juan y otros miembros mayores de la familia que cuentan este suceso desde que José tiene recuerdos. Casualidad o no, la participación se concretó a finales de octubre. Y decimos *casualidad,* porque lo que se cuenta a continuación pertenece al conjunto de efemérides relacionadas con catástrofes ocurridas en España desde que se tiene registro. El primo José admitió que, junto a la motivación de registrar esta historia familiar, también había tenido un peso importante en la elección la DANA que estaba azotando Valencia desde el 29 de octubre de 2024. El primo José, nieto y sobrino de los actores principales de este episodio, lo expresó así cuando nos envió el archivo con la conversación: «Esta grabación la voy a guardar como oro en paño. Para nosotros es importantísimo que esté ahí en esta selección y que esta historia no se pierda».

Por tanto, su valor es incuantificable, no tiene medida, no es un tesoro material. Es una anécdota familiar que por la magnitud de lo que aconteció se transforma en una historia mayor, más importante, extraordinaria para aquellos que la protagonizaron y la vivieron. Cuando la escuchamos en las voces de sus protagonistas nos dio la sensación de estar viviendo una secuencia dentro de una película de aventuras y de suspense; en ocasiones incluso con momentos de terror. La escena la protagonizan el Tío José de los Reyes Vargas y su hijo Valentín de los Reyes Lazo; la película corresponde a un acontecimiento histórico que todavía hoy forma parte de la memoria de muchas personas mayores que vivieron aquello en distintos puntos de la geografía española. Por tanto, escena y película son reales, no son fábula ni ficción. Como fue un hecho inusual y peligroso, ha quedado registrado en las historias orales que se transmiten en la casa del primo José Vega de los Reyes. Asimismo, como ha sucedido en otras microhistorias anteriores, un suceso fuera de lo común e inesperado suele provocar que esa familia dé un giro total a su vida; incluso cambiando de oficio y cambiando de lugar de residencia. Agradecemos a los cuatro que nos enviaran el audio con la conversación donde cuentan la historia, así como el permiso para elaborarla en formato escrito y poder compartirla con todos ustedes.

Los protagonistas

José Vega de los Reyes. Tía Carmen, antes de entrar con la historia dinos quién era mi abuelo José de los Reyes Vargas,

¡que en paz descanse! Yo sé que él venía de Constantina, que después se va a Marchena. Cuéntanos algunas cosas de él, a qué se dedicaba de joven, y otras que recuerdes de la familia.

Tía Carmen de los Reyes. Mi pare José de los Reyes Vargas era de Constantina, y se fue muy joven a Marchena a buscarse la vida porque no tenía trabajo. Mi pare José era un hombre de carácter fuerte, valiente, echao palante. Yo digo que era como el actor de las películas, el John Wayne. ¡Claro, se quedó sin pare muy pequeño, con unos 10 o 12 años y ya tuvo que buscarse la vida! Él era el mayor de cuatro hermanos y, al morir su pare, se hizo cargo de toda la familia junto a mi abuela Dolores, una gitana de bandera. Entonces, se situó allí comprando bestias y haciendo tratos, y allí subió todo lo que pudo. Esto pudo hacerlo porque contaba con la ayuda de mi abuelo materno Enrique de los Reyes, que estaba en una buena posición y tenía una casa muy grande y tenía bestias. El abuelo Enrique tenía fama de buena persona, allí metía a todo aquel que venía al pueblo sin casa; allí los tenía a todos. Todos se quedaban en casa de mi abuelo. Entonces, como todos estaban en la casa, mi pare José conoció allí a mi mare, que era hija de mi abuelo Enrique. Se casaron siendo mi mare muy jovencilla, él le llevaba diez años; ella tenía 15 y él 25. También en Marchena nací yo.

Y, bueno, a partir de aquí mi pare se dedicó al trato y se iba por todas las ferias, hacía unos negocios muy buenos y ganábamos dinero. Tenía suerte y hacía muy buenos negocios. Lo conocía mucha gente, lo conocían los señores, y lo esperaban para hacer los cambios y las ventas de las bestias. Su hermano y sus sobrinos trabajaban con él, le ayudaban mucho. También mi hermano, Valentín de los Reyes, iba con ellos desde pequeño, le gustaba mucho y sabía mucho; con ellos aprendió el oficio. La casa de Marchena donde vivíamos era grandísima, muy ancha, tenía su cuadra y allí metíamos a la piara de bestias. Recuerdo que había una explanada muy grande donde mi hermano Valentín ensayaba lo que veía de los vaqueros en las películas; ¡saltaba de un caballo a otro, se ponía a correr y saltaba de un caballo a otro sin bajarse como si fuera un pistolero! Mi pare José y mi hermano Valentín, los dos con unos tipos, un pelo, un pecho, altos, fuertes. Con unas caras que llamaban la atención, se ponían esos sombreros, con una personalidad. ¡Qué gitanos, quitaban el sentío! Se contaba incluso que mi hermano Valentín, estando soltero, lo echaron de algunos pueblos donde iba a hacer tratos porque algunas mujeres se querían ir con él. Le pasó en La Puebla de Cazalla (Sevilla), que le dijo el alcalde del pueblo que se tenía que ir de allí porque tenía todo revolucionao.

José Vega. Y, bueno, sé que en un momento decidís trasladaros a Écija (Sevilla).

Tía Carmen. Sí, nos fuimos del pueblo cuando yo tenía 16 años, sería sobre 1970. Nos fuimos la familia para Écija, y allí montamos una cuadra también con bestias.

Tía Herminia de los Reyes. En Écija vivíamos en los Pisos Montaño que le decían. Están antes de entrar y se ven cuando vienes de Sevilla por la carretera. Fíjate, de una casa que teníamos en Marchena, pasamos a un piso.

Tía Carmen. Entonces, lo que hizo mi pare fue que alquiló una cuadra en la otra punta del pueblo, en la carretera vieja que iba pa Palma del Río (Córdoba) donde estaba la Posada Vega. Y, bueno, nosotros estábamos bien situados en Marchena. Ya luego en Écija el negocio de las bestias y de los tratos se vino abajo, porque para el campo empezaron a meter máquinas y no animales, decían que no les traía a cuenta a los del campo. Y con estos cambios que estaban pasando, y sobre todo con lo que pasó, terminamos por dejarlo definitivamente, y casi de un día para otro después de aquello.

La película, el contexto donde se desarrolló la escena

José Vega. Algo muy importante tuvo que suceder para que después de tanto tiempo trabajando en los tratos lo dejarais así de repente.

Tía Carmen. Sí, es que lo que pasó nos impresionó mucho. No fue como otras veces. Verás, allí en aquella zona pasa muy cerca el río Genil. La cuadra estaba en este sitio, muy cerca del río. Entonces ¿qué pasa?, pues que el río Genil se desborda como nunca. Mi marío Juan es de Écija y sabe lo que digo.

Tío Juan. Sí, sí, yo soy de Écija y, aunque no estuve allí ese día, sí recuerdo que el pueblo se inundó en varias ocasiones por mor del río. Había una calle que le llamaban de La Puente, porque estaba muy cerca del puente que llegaba hasta el cerro La Pirula. También pasaba por un lugar que le decían La casita de papel, por allí había unos jardines que se cubrían enteros de agua cuando llovía así por esa zona por donde vivía la familia de mi mujer Carmen. Entonces, toda esa zona ya se había arriao varias veces. Unos años antes de que pasara esto, también hubo algunas inundaciones.

Tía Carmen. Sí, pero lo que sucedió aquel día ya no fue normal. No fueron cuatro gotas. Estuvo todo el mes de enero y febrero lloviendo casi sin parar. Con lo que pasó ya no se me olvidan las fechas. Recuerdo que después de dos meses de tormentas, la que cayó los días 16 y 17 de febrero fue algo extraordinario: nunca habíamos visto nada igual. Y tampoco estábamos preparados como ahora, que te avisan rápido con un móvil. Antes te avisaban en la televisión quien la tenía, pero nadie se esperaba que aquello se pusiera de esa manera. A nosotros nos avisó un vecino, que se lo dijo a mi pare José y a mi hermano Valentín. No se me olvida, era un 17 de febrero de 1963. Todavía me acuerdo de cosas de aquel momento, y de algún recorte de prensa que tengo: sé que el día de antes fue el día que cayó más agua del siglo, ¡fíjate, del siglo! Aquello fue una catástrofe, barrios enteros inundados, las casas bajas casi todas echadas a perder, muchos animales ahogaos, los campos y las huertas… Se lo llevó todo el agua, muchas máquinas destrozadas, negocios que tuvieron que cerrar, el hospital estuvo inundado durante horas, los colegios varios días sin clases, hubo que rescatar a muchas personas incluso en barca, y otras cosas más. Hasta hubo momentos de hambre porque todas las panaderías no podían funcionar y algunas carreteras estuvieron un par de días cortadas. Por cómo fue la situación, se presentó el ejército con camiones, barcazas y hasta vino un helicóptero. Fue tan grande el desastre que hasta Franco vino a visitar la ciudad para entregar al alcalde del momento un dinero destinado a arreglar los desperfectos. Gracias a Dios no hubo que lamentar pérdidas de vidas humanas, aunque sí que murieron muchos animales. También los trabajos relacionados con el campo quedaron muy afectados, las cosechas se echaron todas a perder. En fin, mucho daño para mucha gente. Aquello fue una catástrofe material que no esperábamos; aunque, como te digo, el Genil ya se había desbordado varias veces, nunca lo hizo como esos días.

La escena, los recuerdos de lo que sucedió aquel día

José Vega. Y ahí es cuándo mi abuelo José y mi Tío Valentín…

Tía Carmen. Sí, voy con la historia. La cuento como la contaron ellos y también como yo la viví. Pero imagínate que la situación era como la que acabo de contar. Yo tenía 16 años, y tu mare Herminia tenía 3. Aunque era muy joven, la he contado tantas veces que la tengo muy viva en la memoria. Total, que en ese día de 1963 vuelve a arriarse todo otra vez. Como dije antes, un vecino avisa a mi pare José y a mi hermano Valentín. Nosotros estábamos todos dentro de la casa cuando nos avisó, así que nos asomamos al balcón y vimos que todo estaba arriado, parecía una playa que llegaba hasta el bloque donde vivíamos. Sin pensarlo dos veces, con la que estaba diluviando además, salieron corriendo para la cuadra a intentar salvar a las bestias. ¡Estaba todo arriao y era peligroso! No podían esperar más, comíamos de eso; si tardaban en salir, seguramente los animales se iban a ahogar. Es una historia que se vuelve a repetir, como ha pasado ahora con la DANA en Valencia, que ha habido muchos animales que se quedaron atrapados en las cuadras y en los establos, o que han desaparecido arrastrados por el agua.

José Vega. Entonces, sin pensárselo, salen los dos najando pa la cuadra, ¿no?

Tía Carmen. Sí, salieron a toda prisa en cuanto se lo dijeron. Cogieron sus sombreros, unos abrigos y unas cuerdas y se fueron. Allí nos quedamos preocupadas sin saber qué les podía pasar. ¡Además, mi pare José no sabía nadar! Mi hermano Valentín sí, porque hizo el servicio militar y estuvo un tiempo en el ejército. No sabíamos cómo iban a llegar a la cuadra, ¡tenían que nadar y sortear mil peligros! Desde que se fueron no nos quitamos del balcón. Desde allí, como estábamos en un cuarto piso, mirabas al fondo y todo lo que se veía era agua y más agua. Pensábamos que si ya les iba a ser difícil llegar hasta la cuadra en la otra punta del pueblo, más complicado iba a ser salir de allí con los caballos y llegar hasta aquí.

José Vega. ¿Y cómo llegan y cómo vuelven después? Porque sabemos que vuelven.

Tía Carmen. Sí, gracias a Dios volvieron. Desde que se fueron, nosotras nos quedamos sin saber nada. Hasta que no llegaron aquí, no nos enteramos de cómo lo habían hecho. Cuando ya por fin llegaron y todo se calmó, nos contaron que al principio decidieron tirar por el pueblo para acortar, pero que lo pensaron mejor al ver que aquello era imposible. Después de lo ocurrido, a los días nos enteramos que había algunos sitios donde el agua había alcanzado más de tres metros. Gracias a Dios que no tiraron por el medio del pueblo. Entonces, nos contaron que fueron bordeando todo Écija por distintos caminos que ellos conocían, hasta llegar a la cuadra. Nos dijeron que no se encontraron a nadie, que los campos y los caminos estaban inundados y por muchos de ellos tuvieron que ir medio nadando o en ocasiones sujetándose a las ramas de algunos árboles. Cuando llegaron a la cuadra cuentan que fue peor y que ahí sí que estuvieron en peligro, porque el Genil está justo al lado. No había calle, la calle era una parte más del río. Menos mal que llegaron a tiempo porque a los caballos ya les llegaba el agua casi al hocico ¡Yo no sé cómo lo hicieron! Con esa altura del agua, y mi pare José sin saber nadar, tuvo que ser arriesgado. Ellos dicen que, cuando llegaron a la cuadra, los caballos y ellos tenían el agua al cuello. Entonces, se montaron en los dos mejores caballos que teníamos y los unieron a los otros tres por medio de una reata con la cuerda que llevaban. Los pusieron a todos los caballos en fila, ellos dos delante y los otros detrás. Así, y con las condiciones tan peligrosas, tuvieron que hacer el mismo camino de vuelta. Dicen que desde que salieron de la cuadra tuvieron que emplear todas sus fuerzas, varias veces tuvieron que tirar de los caballos para que avanzaran por el miedo de los animales. Y así estuvieron hasta que vieron una de las huertas inundadas que estaban justo detrás de donde vivíamos, y ahí ya pensaron que estaban a salvo ellos y los caballos. Pasó tanto tiempo que a los que nos quedamos en la casa nos pareció una eternidad: ¡es que pasaron varias horas!

Tía Herminia. Cuando vimos a mi pare y a mi hermano cómo se acercaban al bloque de pisos donde vivíamos, no veas mi mare, yo con 3 años y mi sobrina todas gritando de alegría: «¡Mira, mira por ahí vienen!», «¡Qué valor han tenido!», «¡Qué gitanos!».

Tía Carmen. Vamos, como unos héroes porque lo que habían hecho no era pa menos. Habíamos pasado mucho miedo pensando que les podía haber pasado algo. Era muy peligroso llegar a la cuadra y más peligroso volver con las bestias. Se podían ahogar, caerse de los caballos porque estaban nerviosos, no sabían qué se iban a encontrar por los caminos, lo que puede arrastrar el agua, muchas cosas que podían haber sucedido y mejor no pensarlas. No fue una lluvia o una tormenta pequeña, ¡a los caballos les llegaba el agua por la cabeza, imagínate a una persona!

Después de aquello, los cambios

José Vega. Sí, la verdad es que fue para no haberlo contado. Aunque todo salió bien. Sin embargo, no quedó ahí la cosa; quiero decir, que esto hizo que la familia pensara en otras posibilidades. Cuéntanos un poco esto para concluir con la historia

Tía Carmen. Sí, aquello fue un desastre para todos, y aunque ellos se salvaron y pudieron salvar los caballos, como dije antes, las cosas estaban cambiando ya en esos años sesenta casi a mediados. Las máquinas estaban sustituyendo cada vez más a los animales de carga y de tiro, los tratos no eran como antes, ni las relaciones, todo estaba cambiando. Y la verdad, mi paré José sobre todo ya llevaba tiempo pensándolo. A él no le gustaba mucho esa vida porque había que quedarse mucho tiempo en los rastrojos, en los sembraos por la noche, y más cosas que son muy duras de contar. Entonces ¿después de esto que pasó?, pues que dejó esa vida. Después de aquello, en poco tiempo consiguió –no sé cómo– comprar un coche de caballos, e iba vendiendo los lotes por los cortijos. Comenzó a vender ropa por distintos lugares, por todas las huertas del pueblo, por muchos pueblecitos que había cerca, por muchas casas desperdigadas. Después, una prima mía se casó con un gitano muy bueno llamado Antonio Heredia Santiago, que le decían *el Argentino* porque era de Argentina. Él fue quien le enseñó a mi pare José las cosas que había que aprender de la venta ambulante.

Tía Herminia. Y después de esto, mi hermano Valentín cogió y cambió el coche de caballos por una vespa y se iba a los cortijos y a los demás sitios a vender los lotes con la moto. Además, con una estrella que tenía, que muchas veces llegaba a la casa diciendo: «¡Mira mama, mira to lo que he vendío!». Lo vendía todo. Después de la vespa cogió un coche, un Renault Bordini, todavía me acuerdo, y después de este tuvo un Opel Capital y un Chevrolet que le compró a un médico de allí de Écija.

Tía Carmen. Y, bueno, para terminar no me quiero olvidar de mi mare, que ya en esa época comenzó también a vender. Mi mare era la mejor vendeora del mundo, la misma habilidad que tenía mi hermano la tenía ella, ¡tenía un ange! Todo esto era vendiendo lotes de puerta en puerta, como quien dice. Después de lo que había pasado y con este nuevo trabajo, decidimos mudarnos a Sevilla. Allí, mi hermano Valentín puso varias tiendas y estuvimos trabajando la familia de esto por lo menos treinta años. Al mismo tiempo que vendíamos en las tiendas, salíamos a vender en los mercaíllos: ¡no parábamos de trabajar, toda la vida trabajando, hemos trabajado mucho! La familia ha tenío varios de los oficios que dicen gitanos, tratantes, vendeores ambulantes, venta de coches, venta de cueros, de cazadoras de piel buenas. Mi hermano Valentín se iba pa Alemania solo, o a Zaragoza, en aquellos tiempos, ¡fíjate! Y todo esto vino después de un suceso que nos marcó y que nos ha acompañado toda la vida. Gracias a Dios, todo salió bien, no como está pasando estos días, estos meses en Valencia. Y con esto termino, que me voy a otra cosa.

Vasos comunicantes. La historia se repite, ¿aún peor?

Sin embargo, cuando la Tía Carmen dice: «Y con esto termino, que me voy a otra cosa», precisamente lo que no dice es lo que está diciendo. Es decir, a ella y a los que vivieron aquellas inundaciones de Écija en 1963, o las más graves acontecidas también en Valencia por el desbordamiento del río Turia en 1957, ponen aquellas experiencias en relación con lo que ha pasado y está pasando en Valencia. Les viene a la memoria lo que ellos pasaron y la situación de muchas familias afectadas por la DANA, sobre todo la de aquellos que perdieron y han perdido a sus familiares y amigos, que eso es irreparable. Desde el 29 de octubre de 2024, hasta que dimos el relato escrito por finalizado a principios de diciembre del mismo año, España seguía sumida en una conmoción por este suceso dramático e ¿inesperado? Como decimos, más allá de los personajes que vivieron la situación que nos acaban de relatar la Tía Carmen y la Tía Herminia, ambas historias guardan relaciones y paralelismos. Aquella terminó bien para sus protagonistas; la que estamos viviendo ahora es un cuento de terror.

En el conjunto de esta selección es curioso cómo algunas historias conectan o, si prefieren el dicho, parece que a veces *la historia se repite,* que tiene *caprichos* consistentes en procurar que ciertos episodios relevantes se parezcan entre sí. Quién puede asegurar que esto sea así o solo sea una percepción humana necesitada de encajarlo todo en un orden y en un sentido, vano intento de explicar las infinitas posibilidades que existen (de contar, de conectar) en eso que llamamos vida e historias. Sea como fuere, el olvido es el peor enemigo de cualquier historia, de cualquier memoria y, por tanto, de cualquier conexión entre pasado y presente. Sin pasado y presente, ¿cómo se puede construir eso que algunos llaman futuro? El olvido no es una cura, es una herida. No les despisto, no estoy escribiendo en abstracto, es que el asunto lo merece y lo que hemos oído de sus protagonistas nos lleva a estas reflexiones. Seré más concreto: los y las que aquí participamos estamos convencidos de que mantener las memorias de lo que nos pasó puede ayudarnos a todos a no volver a repetir errores o despistes para sucesos parecidos en el presente. La pena es que no siempre sucede así. Y cuando suceden y se vuelven a repetir catástrofes de este tipo, golpea habitualmente a los que menos recursos tienen. Si la ayuda está siendo lenta por parte de las instituciones públicas, ni siquiera a las zonas y personas olvidadas a día de hoy han llegado los voluntarios, ni la televisión, ni los servicios públicos de cualquier tipo.

XVIII. *Canastero:* anatomía de un cuento

Pensé en mi prima Noelia Cortés desde un primer momento para que formara parte de esta selección de cuentos. Mi respeto y admiración por cómo es y siente, por cómo trabaja con las palabras, las emociones y las ideas, por su inteligencia guiada a base de corazón y de justicia social, me impulsó a contactar con ella. Coloqué su libro a mi lado, *La higuera de las gitanas,* consulté un poco nervioso las muchas anotaciones y subrayados que tengo a lo largo de sus páginas, fui de atrás hacia adelante, de adelante hacia atrás:

> Escribo desde nuestros rasgos en una fotografía de Auschwitz. Escribo desde un eco que llevamos en las venas, un pájaro que tiembla de frío. [...] Cada una trata de comprender el mundo a través de sus propias referencias.

Cerré el libro, la llamé y aceptó. Y nos emocionamos. Su presencia, además y afortunadamente, es por partida doble: con este relato y como prologuista. Para este momento, comparte una composición original que solo se cuenta en su casa de forma oral. Para esta ocasión, yo lo sé, ella lo sabe, nos trae un relato que no ha sido fácil de sacar de ahí dentro; de donde duele y también nos da alegría, porque forma parte de nuestros recuerdos y experiencias vividas intensamente. Por ello, se van a encontrar una composición singular. Hay tanta de su verdad aquí, la de una niña, la verdad de su abuelo Julio, su héroe… ¿Hay más *verdades* que *estas*? Es un cuento, un relato, una historia que guarda (y ahora transmite de forma ampliada e inteligente) muchas historias que han sido vividas de forma similar por nuestros abuelos y abuelas. Aun en su juventud, parece o es una vieja sabia. Tal vez por esto ha querido descolgarse de una de las ramas de su higuera, hacer añicos *La campana de cristal* de su admirada Sylvia Plath. Tal vez por esto, su habitación, a la que ahora nos deja asomarnos, sea un lugar más propicio para la resistencia y la vida que la descrita por Virginia Woolf. Su habitación es más un huerto donde se crece: su habitación está y siente con *El bosque* de la Tía Papusza, de su abuelo, de su familia y de nuestras familias. ¡Gracias, prima Noelia!

Enhebrar sombras en el aire es resistir la persecución

Cuando mi abuelo Julio me contaba su niñez en Almería, yo casi podía oler el verdor oscuro de los naranjos o el cielo abierto bajo el que corría descalzo. Aunque era muy chica, comprendía que me estaba regalando cuentos que debía escuchar con mucha atención, porque eran remiendos sin los que nunca entendería del todo mi propia identidad. Algún día querría preguntarle sobre todo aquello y él ya no estaría aquí. Me aterraba ese vacío, ya desde entonces. Guardé cada historia, risa, suspiro y símbolo como quien prensa los pétalos de una flor entre páginas de libros: un intento desesperado de conservar sus contornos, un perpetuo balcón a su belleza.

A día de hoy, comprendo que corría descalzo bajo el cielo abierto porque trabajó sirviendo en cortijos y granjas desde los tres años. Que si nos describía aquellos naranjos, era porque nos veía tirar las cáscaras de los frutos; entonces recordaba que él, a nuestra edad, se las comía como un manjar de reyes.

He ido heredando estos relatos lo mismo que se hereda una reliquia familiar:

«Con estas tijeras bordaba siempre tu bisabuela. El cordel aún tiene un caminito de puntos de cruz de hilo rojo».

«Con esta chaqueta se casó tu abuelo, que estuvo secando, trenzando y vendiendo esparto durante meses para poder pagarse la tela y la modista».

«En estas cuevas aprendió a leer tu abuela junto al resto de niños gitanos del barrio, cuando un maestro se acercaba voluntariamente a enseñarles. Por eso te pudo escribir su nombre en tu libro de comunión».

«En el pueblo de al lado, colgaron del puente al padre del *Papa Sordo*. Tu tatarabuelo, sería. Estaba enderezando una barra de hierro ayudándose de las vías, y los guardias civiles dieron por hecho que era un gitano intentando descarrilar un tren. Con su propio cinturón lo colgaron del puente que había en lo alto. Se llamaba Luis Contreras».

«En estos años de los que hablas, justo después de la guerra, a tu abuelo y a su hermano los cogían los guardias civiles por las calles de Almería, los llevaban al suelo de tierra y piedras del calabozo y les daban una paliza "por gitanos". Después los devolvían a la calle, como si nada. Él no tendría ni cinco años cuando ya le había ocurrido varias veces».

Recuerdo el impacto que me causó leer, ya como adulta y escritora, que Federico García Lorca, un poeta tan querido por todos nosotros, quedó marcado para siempre por algo que vio en la Alpujarra: la Guardia Civil arrancaba un diente con tenazas a cada gitano que se cruzaba, bajo amenaza de arrancarles otro más a la vez siguiente. Tenían que exiliarse a cualquier otro lugar. Mientras les siguieran viendo, seguirían arrancándoles los dientes y, en algún momento, la vida. Mi abuelo, que jamás había podido ir a la escuela y que fumaba y dormía en montones de estiércol desde niño, estaba más cercano que cualquier gachó catedrático a la profundidad de la obra de Federico. Al menos, estaba hecho de los mismos hilos que formaban la imagen final del tapiz: vidas como la suya son las fuentes primitivas de las que después florecieron el *Romancero gitano* o el *Poema del cante jondo*. En una carta personal, descubrí que Federico le decía a Benjamín, un amigo pintor: «La Guardia Civil mata un gitano cada día y apunta su nombre en una lista tan larga y ondulante como la cola de un dragón chino».

A veces imagino caras, andares y nombres para todos ellos, en un intento desesperado de atrapar el reflejo de la Luna con las manos. El agua se me escapa entre los dedos y con ella resbala un manojo de rasgos imprecisos: en el mar de la memoria colectiva se desangelan y desmontan por costumbre, casi que por no ser culpados. El velo de la mirada ajena los cubre y deshumaniza para que otros teoricen sobre lo que somos, en un país en el que hemos sobrevivido a leyes que expresamente perseguían nuestros signos de identidad.

Por las tardes, a la hora de merendar, me encantaba pedir a mis abuelas y tías que sacasen sus álbumes de fotografías y me contasen todas las anécdotas que había detrás. Me quedaba atrapada en las caras jóvenes, las formas de mirar y de colocar las manos, las prendas de vestir y los paisajes. Me preguntaba cómo habría sido conocerlas teniendo la misma edad, a qué se habrían dedicado si las condiciones sociales les hubieran permitido escoger un camino propio, o cómo serían las antepasadas de las que me hablaban. Qué reflejo de cada una de ellas habría en nosotras. Cuántas habrían sentido el mismo desamparo que a veces yo siento, de qué manera ellas transformaban esa rabia en huella.

Cuando observaba la fotografía de mi abuelo descalzo, haciendo canastos en la puerta, tan joven y sonriente, intentaba trasladarme a la niñez de mi madre: su padre llegaba cargado de esparto y lo humedecía para moldearlo, lo secaba para trabajarlo, lo cosía… A los niños les hacía sillas con juncos y cañas, y las culebras le nadaban entre los pies cuando iba a los ríos a por más. No sé cómo lo explicarían entonces él o el Tío *Farruco,* pero aquellos gitanos sobrevivían gracias a los recursos de la naturaleza, que siempre estaba ahí. No debían el sustento principal a la rueda económica del sistema, empeñado en que dependiéramos de sus garras. Un recuerdo de aquella niñez de mi madre es el de un día en que la suya estaba malita y no podía cuidarla: su padre se la llevó con él a la obra en la que estaba trabajando y todos sus compañeros la cuidaron como a una princesa. Le hicieron un fuego para calentarla y se sintió la hija más consentida del mundo, sin entender nada más que el amor de los mayores que la rodeaban. Años después, al ser ella adulta y yo tener la edad que entonces habría tenido ella, me llevaba al campo en el que trabajaba y yo jugaba feliz entre las tomateras y los naranjos. Me pasaba las tardes pintando un dominó en los cartones de los cereales, lo recortaba con mi abuela y me lo llevaba a montarlo encima de las piedras grandes que me iba encontrando.

Los cuentos que recuerdo desde niña tienen tanto que ver con estos sucesos que me siento incapaz de sentirlos como ficción: son testimonios de un Pueblo que no ha podido escribir su propia historia en los archivos, pero sí en sus cuentos y cantes. Cuando un gitano toca, canta, baila, escribe o narra una historia, los que vinieron antes saltan de las páginas y enhebran sus sombras en el aire: eso es, en cierto sentido, el duende. La mayoría de jaleos flamencos son una oda al recuerdo de los que vinieron antes:

«¡Ole, *Canastero*!», gritaron al bailaor del pase de aquella noche. No conocían su historia, su edad concreta o su formación. Lo que tenían claro era que, bailando, se acordaba de su

Pueblo. Me vi a mí misma, de niña, sentada en aquel mercao de antigüedades en el que mis abuelos vendían sus cestos de mimbre. Mi abuela Rosa me decía al oído que me iba a comprar una bolsa de chucherías si convencía a mi abuelo Julio de afeitarse el bigote. En realidad, me regaló un traje de lunares y un mantón rojo fuego, esperando que yo algún día bailase también. Una vez, ya de mayor –y como escritora, no bailaora–, fui a grabar un reportaje sobre el Pueblo Gitano en la alfarería de Albox, la de *los Puntas*. En el museo tenían colgados como tesoros un cesto y una panera que había trenzado mi abuelo en su juventud. Cuando un bailaor tiene tan presente el recuerdo de la persecución y la resistencia, se lo celebran gritándole el oficio de mi familia. Ese testimonio aún late, enredado en el flamenco, aunque la mayoría fuesen jornaleros y no músicos.

¿Qué podrán entender de esto aquellos que llevan toda la vida encontrando sus apellidos y colores de piel en los libros de la escuela, en los sucesos históricos más conocidos y en los museos y murales? ¿Cómo traducir a palabras ese tambor contra el pecho, tan primitivo y sagrado?

No es raro que me pregunten, en entrevistas o ponencias, desde cuándo o por qué escribo. Es lo más común, imagino: ¿desde cuándo bailas, cantas, tocas, diseñas…? ¿De *dónde* te viene? ¿En cuál de los costales de tu alma guardas esas estrellitas? ¿Cuándo lo abriste por primera vez? ¿Qué sientes cuando las esparces por cielos ajenos? Yo suelo dar las gracias a las bibliotecas públicas y al empeño de mi madre en enseñarme a leer desde antes de ir a la escuela: tenía un plato con el abecedario pintado en los bordes y, antes de darme la cucharada, me preguntaba qué sonido salía de juntar una letra con otra. Lo que me gustaría pintar por las paredes es que la propia naturaleza del Pueblo Gitano tiene que ver con contar historias. Hay algo más allá del cuerpo físico: lo que perdura. Las yemas de mis dedos acariciando la silueta de las letras en las tumbas de poetas antiguas. Las visitas a los pueblos y casas de la infancia de escritores que ya no están aquí, cuyas voces jamás hemos oído, pero que caminan junto a nosotros. Los mechones de cabello o los bordados de artistas de otros siglos, que nos murmuran que ellos también existieron, anhelaron y vieron caer la lluvia. Las camisas o relojes de nuestros mayores, que vestimos con el mismo respeto que si sus gestos y emociones deambularan entre las costuras.

La escritura, como el cante, es retar en duelo a la Muerte: sus semillas no perecen, en sus arroyos siguen bebiendo los pajarillos nuevos y su plata no la enrobinaría más que el estómago del Olvido.

Ahora que habéis atravesado este bosque desde mis ojos, los de la gitana escritora y los de la nieta de Julio, creo que disfrutaréis a compás mi historia favorita de su infancia. Siempre me la contaba montando un teatrillo divertidísimo y riéndose con los ojos medio cerrados, como atrapando una ensoñación a la que sin duda volvería, pese a lo difícil que era todo entonces:

Un día estaba yo trabajando, *mijica,* y me harté de uno de los payos que había allí conmigo, que siempre me decía que él era más gitano que los gitanos. Él siempre tenía una palabra pa cómo tenía que ser to lo nuestro. Mu *sabeor,* el payo. Yo de normal me reía, porque no tenía fuste ni enfadarse con la pobre criatura, pero aquel día no sé qué diría que ya me *enritó:*

—Cuche, ¿y cómo sabes tú tanto sobre nosotros? Entonces, digo yo que sabrás echarte *un pulso gitano* conmigo, ahora cuando nos aburramos.

—Hombre, Julico, ¿y cómo es eso? Yo pa mí que lo he oído, claro, pero ahora mismo no caigo.

—Na, no tiene na —yo me puse mu serio, como si le estuviera enseñando un secreto mu antiguo—. Tienes que cruzar tu brazo con el mío, así, entrelazaos por el revés del codo. Cuando ya estemos los dos bien puestos, tenemos que cerrar el puño y tirar pa uno mismo con toas nuestras fuerzas, primo. Ya verás, vamos a echar uno de prueba. El que gane es el más gitano de los dos, eso dicen los viejos.

Yo empecé a tirar asín flojico, pa que se fuese confiando del invento, y el payo na más que levantando mucho la ceja, viéndose que él iba más fuerte. Ahora bien, contra más rabia vi que cogió, yo solté mi brazo y se dio un puñetazo en la cara él solico que se quedó mareao vivo, traspuesto. Y cuando quería venir a pegarme le dije, mu formal:

—Enhorabuena, primo, me has ganao al pulso gitano. Es verdad que sí, que eres más gitano que ninguno.

XIX. Aquel día

Casi a punto de ir cerrando, la siguiente historia pasó muchas vicisitudes para estar aquí. Y sin casualidades, más bien por cuestiones de compás, lo improvisado de su aparición lo posicionó en el sitio perfecto para transitar hacia el próximo *Resistir para cantarlo. Habla, cuenta, canta el Pueblo Gitano II* que ya estaba en marcha. Verán que es distinta al resto, ya que no se origina ni se desarrolla en España. Esta deslocalización territorial no corta los vasos comunicantes que existen entre ellos: la Romanipen o Gitanidad es un sentir, un pensar y un vivir que no puede ser contenida por las fronteras ni las identidades de los Estados-nación modernos. La escritora romaní Voria Stefanovsky, junto a su familia, es su autora y su protagonista. Los que conocemos poco o mucho del relato que nos trae a continuación siempre hemos pensado que debía estar en una selección de cuentos gitanos. El retrato que nos trae Voria es doloroso y a la vez de superación, de esperanza, de resistencia, de mantenerse firme para no olvidar quién era y quiénes somos. Su presencia es un acto de dignidad, de reparación y de justicia. Tal vez por esto, ni siquiera los errores médicos han podido doblegar en estos meses su voluntad, su fuerza, su amor al Pueblo Gitano, su interés por traer a estas páginas aquello que le sucedió siendo niña. No sabemos dónde na-

ció, cuántos nombres tiene, cuántos lugares y personas ha
conocido y la han visto pasar. Eso sí, los recuerdos asociados
a aquel hecho fatídico siguen intactos, lo que le ocurrió no
se puede olvidar. Ella sabe, nosotros sabemos, de la importancia que tiene para nuestras memorias que pueda ser
compartida; porque su experiencia no refiere a un hecho
aislado, sino que comprende un caso de muchos otros padecidos por no pocas familias romaníes.

El espectáculo nunca puede parar

Tengo muchas más historias para contar por haber nacido
romaní que días he vivido. Es innegable cómo la vida de una
familia cambia drásticamente por el hecho de ser identificada
como gitana. Claro está que tenemos algunas costumbres diferentes, como las hay distintas en todos los pueblos, pero a
nosotros nos estigmatizaron tanto y desde hace tantos siglos
que nuestra vida se convierte en un rosario de cuentos raros
surreales, de muchas penas e injusticias. Y, paradójicamente,
compuesta de muchos momentos de intensa e improbable
alegría, al menos en un pueblo en el que casi todos sus inte-
grantes suelen tener historias de mucho sufrimiento identitario que afecta a todos los ámbitos de la vida. Ante el estereoti-
po romántico de la «libertad absoluta» del pueblo romaní, me
imagino la figura de personas caminando por el mundo obli-
gados a sostener pesados equipajes llenos de inutilidades que
hacen que ese caminar «libre» sea casi un arrastrar de cadenas.
Para bien y para mal, fuimos aprendiendo a convivir con el
ruido de esas cadenas, lo juntamos a la música pulsante en
nuestras venas y el ritmo nos ha ayudado a vivir: milagro de
resiliencia. Sin embargo, el peso ese no se puede y no se pudo
soportar sin secuelas. Así que hoy, como desde hace siglos, nos
dificulta el caminar, obstaculiza la pausa y genera ampollas en

la identidad. Creo que la primera vez que he tenido la conciencia plena de eso fue aquel día.

Me acuerdo como si fuera hoy. Un día más empezaba en
nuestro circo. La noche anterior había sido en una pequeña
ciudad del lado argentino del linde entre Brasil y Argentina.
Dos semanas antes habíamos cruzado el límite entre Argentina
y Bolivia. En mi cabeza no había la noción de frontera, sentía
que podríamos caminar por todo el mundo, en donde hubiera
cielo. Sin embargo, sentía que mi abuelo siempre estaba apre-
hensivo en esos momentos en los que cruzábamos países y en
donde fuera que le pidieran una firma, un documento, un *lil*
como decía él. Superviviente del *Samudaripen,* él se había trau-
mado a un límite tan alto que algunos familiares empezaban a
cuestionar su salud mental. Él sospechaba de cualquier policía
o persona uniformada que le hiciera preguntas. Evitaba al
máximo el contacto con cualquier institución gubernamental
y muy especialmente las escuelas. Era un hombre callado y
muy observador, tenía la mirada altiva y en ella trataba de esconder su miedo, lo disfrazaba de órdenes repentinas a raíz de
algún indicio de una nueva persecución nazi en el país que estábamos, o de alguna búsqueda específica a los Sinti que huyé-
ramos a las Américas.

El abuelo huyó desde Rusia hacia América Latina en los
inicios de los años setenta, atormentado por la idea de que los
nazis estaban volviendo al poder y tomarían toda Europa. Traía
con él, además de mucha esperanza, toda su familia, y entre
ellos estaba yo, una pequeña beba. Todo lo que sé de aquel
momento son, obviamente, memorias de los mayores imbrica-
das a las mías, y solía haber un silencio perturbador cuando los
pequeños queríamos saber detalles del viaje, e incluso cualquier
cosa sobre la historia del abuelo. Lo poco que sabía de la lejana
Rusia era que a mí me habían dado un nombre de un río de

allá. Y lo poco que sabía del *Samudaripen* es que deberíamos evitar nombrarlo en respeto a los muchos antepasados muertos de nuestra familia, también para que no le vinieran memorias traumáticas al abuelo. Siempre que las tenía le generaban pánico y, por ende, la decisión de cambiarse a otro país o ciudad. Sin embargo, era el gitano mayor y le debíamos respeto.

Paulatinamente fui entendiendo algunas de sus *locuras,* de los porqués de algunas de sus actitudes como no usar duchas, no viajar jamás en trenes, solo utilizar camisas con mangas largas incluso en verano, y no dejar a ninguno de nosotros niños y niñas ir a la escuela. Esto último iba más allá de que la académica y activista que soy hoy puede teorizar sobre las estrategias utilizadas por la identidad de resistencia romaní a lo largo de los siglos de persecuciones racistas. Todos en nuestra familia sabíamos que cuando él fue llevado por primera vez por los soldados, él estaba en ámbito escolar. Pese a que el abuelo sabía leer y escribir muy bien, además de hablar varias lenguas, no permitía que ninguno de los niños fuese a la escuela. Él creía que si los niños estaban lejos de la familia y el nazismo llegaba a Latinoamérica, serían vulnerables y fácilmente encontrados y llevados, como le había pasado. Tenía motivos fuertes para creer en la vuelta de los nazis. Éramos constantemente *visitados* sin motivos por la policía en el circo, y no para protegernos, sino para amenazar, inquirir e intimidarnos. El abuelo nos prohibía hablar en romaní-sinto en voz alta y debíamos utilizarlo cuando era estrictamente necesario. Nuestra Romanipen casi siempre la vivíamos de forma íntima y discreta, pero el circo no tenía puertas y muchas veces nuestra identidad se veía o se olfateaba. Mi abuela siempre lamentaba que los delincuentes y criminales se aprovechaban de la presencia de un circo gitano, para poner en prácticas sus malas obras.

En aquel día la rutina diaria no fue diferente. Mi abuelo miraba la cantidad de dinero que teníamos en caja para dar las vueltas y vigilaba todo. Mi abuela se quedaba en la caravana central con los bebés chiquitos que aún no participaban en las funciones y tampoco tenían edad para empezar a aprender y cuyos padres tenían que salir a actuar. Unos alimentaban los animales una vez más, otros se preparaban en el camerino porque serían los primeros en presentarse. Dos Tías mayores, que ya no actuaban como artistas, preparaban una rica merienda romaní para después de la función. Puedo cerrar los ojos y ver como hacían el dulce que más me gustaba:

—¡Zinka! Tienes *Razarro, tras aqui* –gritaba mi tía desde la carpa auxiliar mezclando español, romaní y portugués–.

—*Ej!* –exclamaba la abuela Zinka, mientras salía apurada cargando un enorme paquete de azúcar, como para hacer *saviako romani* para todo el público de la ciudad–.

Las Tías terminaban de fumar y empezaban su ritual culinario. Siempre cantado algo alegre añadían al arró los otros ingredientes, primero *pani*, luego *zetino* y aplastaban muy bien la masa haciendo una gran pelota a la que dejaban descansar por algunas horas. Cuando la masa ya estaba en condiciones, ellas ponían el viejo mantel de rosas coloreadas en la mesa y gritaba a los niños para que viniera a ayudarlas. Todos queríamos ayudar porque nos regalaban las sobras de la masa, con la que hacíamos muñecas, carritos, pelotas e innúmeros juguetes artesanales asados. La masa era tendida sobre el gran mantel, teníamos que estirarla bien, las tías una de cada lado y nosotros los pequeños ayudándolas hasta que la masa tapara toda la enorme mesa y se volviera tan finita que se pudiera ver perfectamente las rosas dibujadas en el mantel. La masa debería estar sin ninguna ruptura. Todos ayudábamos para que el proceso fuera rápido y no se sccara mientras la estirábamos. La masa era enorme y a mí me parecía una gran cortina suave y festiva como las que usábamos como pared en el circo. Luego de todo ese alargamiento, la dejábamos descansar un poco más. «Por lo visto la masa era tan cansada como mi vieja Tía», pensaba yo mientras me reía por adentro. Después del merecido descanso de la masa, llegaba la hora que más me gustaba, los bordes de la masa eran cortados porque se ponían algo resecos y eran compartidos con todos los niños que ayudábamos en el trabajo de estirarla. Mientras nosotros nos dedicábamos a hacer nuestros juguetes de masa, las tías ponían el relleno solamente en una de las mitades. Los rellenos podrían ser de diferentes sabores, pero el que más me gustaba llevaba *tinal, drakes shutshi* y crema doble. Luego con la ayuda del mantel se daba vuelta a la masa, formando un rulo fino y muy largo. Las puntas eran dobladas para adentro a la mitad de las vueltas para que no se deshiciera en el momento de asar. Finalmente, se la llevaba a asar cortada en trozos grandes, del tamaño máximo que comportara el horno, bañándolas con manteca. En ese momento metíamos también en el horno nuestros pequeños juguetes. Casi siempre yo hacía personajes de nuestro propio circo como el payaso y la muñeca bailarina. El olor de este dulce todavía es nítido en mis fosas nasales y sabe a circo, a familia y a niñez, y trae impregnado algo agridulce como era la propia existencia itinerante. Aquel día justo íbamos a comer esta maravilla de la culinaria romaní después de la función de la tarde y yo seguramente llevaría a dormir conmigo mis personajes asados para vivir con ellos la última función del día, en la que yo era la presentadora de mi circo imaginario.

El horario de la función se acercaba, debíamos apurarnos. Uno de mis Tíos caminaba apresurado buscando el orín de rata que había guardado para pasar en la punta de su flauta y así hacer que la víbora, a la que alimentaba, cuidaba y trataba como su mascota, bailara al toque de su flauta mágica. El secreto que nadie podía revelar es que la víbora no bailaba por la magia de su flauta, sino por el olor que le hacía dar vueltas y vueltas de acuerdo a los movimientos de la flauta. Los caballos recién lavados se secaban al sol y al viento, y yo ya empezaba a vender rosas y flores en la puerta del circo ya vestida de payasita. Tenía varias frases memorizadas para ofertar las flores de forma divertida y buscaba hacer rimar con palabras inusitadas que tuviesen que ver con las personas que podrían comprarlas. La mayoría compraba más por la diversión que les ofrecía o por la ternura que sentían por el hecho de que fuera yo una niña payasita. Luego de vender las flores me juntaba a los primos más o menos de mi edad que vendían golosinas al público que ya se encontraba adentro esperando el inicio del espectáculo. Me juntaba a ellos para ayudarlos con mis chistes de payasa a que la gente comprara más. Y si había alguien del público que se enojara por la demora, o porque la visión desde su lugar no era buena o cualquier otra cosa, mi personaje siempre servía para calmar los ánimos. En un circo familiar romaní todos hacen de todo; así, si falta alguien, siempre habrá personas que sepan desarrollar la actividad.

Al iniciar el espectáculo yo ya estaba en el camerino vistiéndome con una malla especial para hacer contorsionismo, de un color azul muy brillante con pequeñas estrellitas. Yo me sentía en el cielo metida en ella, me veía como un hada sin alas. Mi pelo largo era cuidadosamente atado en un moño y luego me pasaba un gel casero que lo ponía como si una vaca me hubiese pasado la lengua, pensaba yo siempre que me hacía ese peinado. Me pasaba un maquillaje brillante en varios tonos de azul. Yo misma me maquillaba y me ponía muy triste de tener qua retirarlo para dormir. Pero la *phuri daj* Zinka no me dejaba dormir pintada, y, además, siempre que hacía arroz me ponía el agua del lavado del arroz en el rostro para que me pasara al menos una horita por día con eso. Ella me decía que mi piel lo necesitaba para no ponerse fea por tanto maquillaje. Crecer trabajando en un palco, con la necesidad de brillar casi todos los días nos hacía a todos los chicos y chicas muy presumidos, en el buen sentido: tratábamos de tener el cabello brillante, la sonrisa muy blanca y, como hacíamos muchos entrenamientos, íbamos creciendo con el cuerpo bastante en forma. Para mantener los dientes blancos nos enseñaban a pasar en ellos, todas las mañanas, las cenizas de las hogueras que prendíamos a la noche, y que servían para asar papas, carne y principalmente alejar a los animales cuando estábamos en pueblos más rurales. Mi abuelo siempre prefería presentarse en los pueblos pequeños, creía que si los nazis venían por nosotros, sería más difícil encontramos. Aparte eran sitios cuya población tenía poca cosa para hacer y la llegada del circo era siempre algo nuevo. Paradójicamente, cuanto más chico era el pueblo, más se llenaba el estreno del circo y más rápidamente cambiábamos para otro lugar. La vida estaba llena de novedades, de paisajes y culturas distintas que se entrecruzaban con la nuestra. Era común que fuéramos adaptando algunos sincretismos culturales, como por ejemplo incluir alguna presentación teatral en el circo, algo que adaptábamos cuando estábamos en Brasil, en donde la tradición del circo teatro era importante. Cuando me volví investigadora de mi propia cultura, ya en la universidad, supe que el circo ha llegado a Brasil de las manos del pueblo romaní, y que la inclusión del teatro fue hecha para adecuarse a los gustos de los brasileños, hecho que ha sido invisibilizado. Sobre los cambios en nuestra cultura, nunca se referían a nuestra organización interna, llevábamos siempre todo absolutamente igual, es decir, la carpa central del circo en la misma posición, siempre con la entrada principal orientada al este, para recibir de frente el sol. Alrededor de ella y siempre en círculo, todas las caravanas y también la carpa auxiliar, de manera que el circo estuviera constantemente vigilado por todos sus lados. Los animales también siempre estaban en el mismo orden, y los perros siempre sueltos de modo que nos avisara de alguna aproximación rara por las noches, especialmente cuando reinaba el silencio. Adentro de la carpa auxiliar todo se mantenía igualmente en la misma posición, nada en el centro y todo alrededor, con excepción de la mesa enorme donde comíamos todos casi siempre entre muchas risas y conversaciones.

Pese a los varios problemas que teníamos por las dificultades de la vida itinerante y muy especialmente cuando se daban cuenta de que éramos gitanos, excepto en casos de fallecimiento, de alguna enfermedad o accidente grave en la familia, tratábamos de mantener lo máximo la alegría, o cantando, o tocando, o bailando, o escuchando alguna *paramiche* de los mayores. El único que no cantaba nunca era mi abuelo, tampoco tocaba, aunque siempre que podía tenía su violín mudo cerca de él. En algunos momentos lo acariciaba con una mirada perdida mientras escuchaba alguno de los músicos de la familia. Varias veces dijo que había sido un violín que lo salvó de morirse en los campos de trabajo forzado, pero paraba de contarlo y se enmudecía, quedando a nuestra imaginación por qué lo decía.

El abuelo apenas se reía. Me acuerdo que días antes de aquel fatídico día se nos apareció una víbora colgada en la lona del circo; no sé si era de hecho venenosa, algunos dijeron que sí, otros dijeron que no, lo que sí era muy grande. De repente en pleno espectáculo entró. Cuando el maestro de ceremonia se dio cuenta contuvo el miedo para no generar pánico en el público, y gritó:

—¡Gual! Eso debe ser arte de los payasos…

Al escuchar el grito entró el trío de payasos y armaron una situación que simulaba que pusieron una *culebra sin dientes* para aterrorizar el domador de leones que entraría enseguida y probar que él no era capaz de enfrentar una víbora, pero los payasos sí lo eran. Mientras distraían a la platea, entraron el domador y el encantador de serpientes. Y con una maniobra, uno desde la parte de dentro de la lona y otro abajo, se llevaron la culebra, y los payasos fueron detrás cantando viejas canciones propias de los payasos. El público no se asustó mucho y se divirtió con la situación. Algunos, por cierto, no entendieron si era o no una serpiente de verdad, pero lo importante es que el *espectáculo nunca puede parar* y se logró continuar. Terminada la función nos reímos muchísimo acordándonos de la cara de susto del director de pista, del público de las gradas que no sabía si reía o si gritaba y se largaba del circo. La verdad fue todo un éxito la aparición de la serpiente.

—¿Y si la incluimos en el espectáculo? –dijo mi prima un año mayor que yo que para ese momento tenía 10 años–.

—Pero es una serpiente *gadji,* no fue creada con nosotros –dijo mi primito de tan solo 5 años–.

Los adultos se reían de la imaginación de los chicos, excepto mi abuelo que dejó la conversación y fue a mirar la luna. Mientras caminaba, el abuelo parecía trabar algún tipo de conversación con ella, que muy iluminada parecía contestar directamente a su conciencia. Yo lo miraba a lo lejos. Siempre que lo veía hacer eso me despertaba mucha curiosidad saber más de todo lo que él había pasado en el *Samudaripen.* Saber por qué éramos tan odiados a punto de intentar exterminarnos. Yo fantaseaba muchas cosas porque juntaba algo de lo poco que él contaba con algo de lo que contaban los mayores. Decían que nuestra familia era muy pequeña en relación con la de otros grupos y familias romaníes, justamente porque estuvo en el lugar equivocado en el momento errado. Los Sinti rusos que no estaban en las regiones invadidas por los alemanes pudieron evadirse de ir a los campos de trabajo forzado o de concentración. La verdad yo sabía muy poco sobre esa presencia silenciosa del genocidio en nuestra vida, pero sí la sentía, especialmente sentía el dolor de mi abuelo. Y en aquel día, del que jamás me olvido, también sentí yo un dolor mudo, sentí que me dilaceraban en opuestos de mí misma, uno que permanecía respirando y otro que se desvanecía poco a poco en agonía. Hoy sé que aquel dolor le ha pasado a muchos niños y niñas en distintos lugares, pude investigar algo en mi labor activista.

Finalizada la última función del día, la gente salía del circo con los ojos vivos y festivos, yo terminaba de sacarme la ropa de equilibrista en el camerino y me dirigía a la carpa central para la rica merienda, cuando siento una mano que me sostiene por la espalda y a la vez me tapa los ojos. Creí que era una broma de algún Tío, así que iba diciendo los nombres de ellos mientras me llevaban. Creía que era un juego de adivinanza y que solo me soltarían cuando dijera el nombre del dueño de las manos, que yo sentía como una mano masculina. Dejé de intentar adivinarlo cuando escuché gritos.

—¡La está llevando un policía!

Me metieron violentamente en una patrulla y pude escuchar que una *gadji* gritó:

—¡Los gitanos robaron a esta niña! ¡Ladrones desalmados! ¡Hay que llevarlos a todos presos!

—¡La niña está embrujada por ellos! –vociferaba otra voz femenina–.

Intenté salir del coche policial, pero no había manera. No sé si mis gritos se escuchaban afuera. Me pusieron en la parte de atrás del coche y estaba bastante oscuro, había poco vidrio y no se veía bien lo que pasaba afuera. Percibí el ruido de varios coches, también escuché palabras desesperadas en romanés y eso fue lo último que pude oír.

Desde lejos en la carretera vi por un pequeño espacio del coche cómo desaparecía la lona del circo. Tenía en mi bolsillo dos muñecas hechas de la masa del postre de la tarde, las comí entre lágrimas, estaba hambrienta. Golpeé el vidrio que me separaba de los tres policías y uno de ellos me hizo seña para que durmiera y estuviera en silencio. No deseaba dormir, pero creo que terminé haciéndolo porque cuando me di cuenta habíamos llegado a una gran casa con un lindo jardín. Me acuerdo de ver unos muros altísimos alrededor y muchas estatuas en el jardín. Nunca había ido a la escuela, y lo que había aprendido sobre las letras fue de manera autodidacta, pero no tenía la rapidez para leer lo que estaba escrito en la entrada de la casa cuando me sacaron del vehículo. Los guardias entraron y me dejaron sola sentada en un banco de piedra frente a una mesa muy blanca en el jardín. Ya era noche cerrada, miré la luna e imaginé que quizá ella le diría a mi abuelo a dónde me habían llevado. Supuse que fueron a llamar a alguien. Pensé en escaparme, pero no tenía la más mínima idea de dónde estaba. Calculé que me podía contorsionar como hacía en el circo y salir de allí por algún espacio mínimo que encontrara, pero ¿a dónde iría? Mis pensamientos fueron interrumpidos por la voz de uno de los policías.

—La niña rubia robada por los gitanos del circo está aquí ya. Va a necesitar ropas limpias y parece tener hambre, lloró mucho, pero ahora está tranquila.

«¡Imbécil!, ¿cómo iba a estar yo tranquila?», pensé.

Entendí todo en este momento, el motivo por el cual me habían sacado de esta forma del circo. Dudé un poco, pero decidí entrar en la casa antes de que el policía siguiera hablando.

—Soy yo la niña, soy gitana, nadie me ha robado, quiero volver con mi familia ya, por favor –fui hablando todo antes de que el policía me lo impidiera–.

—Pero qué dices niña... estará embrujada esta pequeña realmente –dijo una señora mirando a los policías–.

Era una monja; ya las había visto antes en algunas ciudades por las cuales estuvimos con el circo. Tenía el rostro muy pálido, los ojos saltones y enormes de un azul casi gris y una nariz muy finita que me hacía acordar el pico de un pajarito. Era de una delgadez impresionante. Debía tener unos sesenta años.

Llevaba una cruz negra colgada en el cuello y cargaba muchísimas llaves en el bolsillo de su hábito blanco. Cuando vi por primera vez una mujer vestida de aquella forma, le pregunté a una Tía por qué llevaban aquellas ropas. Me dijo que eran mujeres de Dios, de una religión llamada católica y que solían ayudar a la gente pobre. Me acordé de eso y creí que la monjita me ayudaría… pero ¿por qué pensaría que estaba yo embrujada?

—Ya es muy tarde, no podemos seguir hablando en este ambiente a estas horas –dijo la monja–. Llevaré la niña a mi habitación por esta noche, estamos las dos muy cansadas y mañana hablamos –complementó la religiosa con una mirada muy enfadada sobre sus enormes ojeras–.

Los policías se fueron y yo le hice caso a la monja. Seguramente mañana me devolverían a mi familia porque conversaríamos y como era una mujer de Dios me ayudaría seguro, reflexioné aliviada.

—¿Tienes hambre rubiecita? –me preguntó la monja intentando ser algo simpática, pero sin mucho éxito–.

—Sí –le contesté rápidamente–.

Ella me llevó hasta una cocina muy grande, organizada y limpia. Todo era muy blanco, «horriblemente blanco», pensé. En la mesa ya había leche, cacao, galletas y bananas, parecía como si ya estuvieran esperando a una niña hambrienta. Comí de todo lo que había y repetí la leche.

—Se nota que tenías mucha hambre, ¿eh? Ahora a la cama, ya es tardísimo. Mañana te permito despertar tarde –me dijo la monja–.

Ella no me estaba tratando mal, pero empecé a llorar ansiosa por solucionar todo y volver con mi familia sintiéndome muy incómoda en aquel lugar.

—Lo que te pasa es que estás muy cansada, no es para menos, con todo lo que pasaste –me dijo ella, mientras me conducía a una habitación que estaba en el piso de arriba–.

Había muchas puertas, todas cerradas y nos dirigimos a la primera de ellas. Ella me dio una ropa ancha y blanca casi de mi talla y me dijo que fuera a un pequeño baño a cambiarme. Le hice caso, dejé en el baño mis ropas coloreadas y me puse la fea bata blanca. Cuando salí del baño, me enseñó la cama a la que iría a dormir y me dijo:

—Voy a apagar la luz. Duerme y descansa.

Me desperté muy tarde, no tenía idea de qué hora sería, era la primera vez que me despertaba en un lugar que no fuera una caravana o una carpa. Ya había estado en una casa, pero jamás había dormido en una –no que recordara–. Quería que esa pesadilla se terminara lo más pronto. Quería comer algo muy romaní, abrazar a mi abuela, prepararme para la función de circo. No sabía si salir de la habitación y buscar a la monja o si esperar. Me di cuenta que había un vaso de leche y un pan con jamón y queso al lado de mi cama, y sin pensarlo dos veces empecé a comer. Debía de ser muy tarde porque tenía un hambre tremenda.

Antes de que terminara de comérmelo todo, entró la monja:

—¡Ya estás despierta, buenos días! Ayer estabas muy cansada, pero, así que termines de comer, quiero que te duches y pongas estas ropas limpias y esperes aquí hasta que vuelva –dijo mientras se encaminaba al pequeño baño, donde puso el traje y una toalla–.

Ni siquiera pude hablarle porque salió tan rápidamente como entró, y con una cara muy seria, como si quisiera evitar que yo hablara realmente. Le hice caso. Me puse el vestido azul que me había dejado, no era nuevo, pero estaba limpio. Me dejó unos zapatos, pero como me quedaban muy apretados me quedé con mis sandalias. Me sentía incómoda con la ropa, tenía ganas de volver a ponerme mi vestido de colores, pero no lo hice. Algo me decía que no hacer caso a aquella monja podría ser muy peligroso. Me senté en una silla que estaba en frente a una mesita y, según me acomodé, entró de nuevo la monja.

—Muy bien niña, ahora acompáñame que te voy a mostrar dónde vas a dormir, a estudiar y los espacios que podrás usar mientras vivas aquí —me dijo sin mirarme–.

—Pero ¿no me vuelvo hoy después de que hablemos? –le pregunté yo casi llorando–.

—¡No! –me contestó rápidamente–.

—¡Me quiero ir, por favor! Me están confundiendo con otra niña seguro, yo soy gitana. Nadie me trata mal en el circo, soy feliz allá.

Empecé a llorar fuerte y a gritar muy alto una serie de argumentos para que me devolvieran con mi familia. En ese momento, entró otra monja un poco más joven con la expresión afligida y preguntó nerviosamente:

—¿Qué pasa?

—Providenciemos el bautismo de esa niña cuanto antes –dijo la monja ojerosa– y, por favor, explíquele a ella que, diga lo que diga, no va a salir de aquí para volver con aquella pandilla de gitanos ¡Que lo entienda por Dios, de una manera u otra! –la monja salió rabiosa–.

Ella no era para nada una mujer paciente y también me pareció algo peleadora e incluso mala. No la veía como «una mujer de Dios», como me habían dicho. Empecé a tenerle miedo.

—Escuchaste ¿no? Así que ya sabes, si gritas y haces escándalos será peor, puede darte castigos. Ya en pocos días estarás adaptada, nosotras cuidaremos de todos, tú solo tienes que portarte bien, hacer lo que hacen las otras niñas que vas a conocer, ir a las misas, ir a la escuela…

La monja más joven me iba diciendo una lista de cosas a seguir mientras caminábamos hacia otro caserón que había detrás de los jardines.

—Otras niñas… ¿Hay más niñas aquí? ¿Ir a la escuela? Nunca he ido a una escuela.

—¿Cómo? —me dijo la monja con cara de sorpresa—.

—¿A esta edad nunca fuiste a la escuela? Así que eres una gitanita analfabeta, sin documentos y seguramente siquiera bautizada ¡Pobrecita! Me compadezco de ti niña, aquí te vamos a educar y enseñar.

—Pero yo sé escribir y leer un poco porque ya aprendí algo de eso solita, con amiguitas *gadji* y algunas anotaciones de mi abuelo en el circo, también me enseñaron a ser equilibrista, payasa, contorsionista, andar a caballo, sé hacer muchas cosas y no vamos a la escuela porque nos tratan muy mal y no nos quieren y pueden venir los nazis y…

La monja me interrumpió:

—Pero ¿qué dices gitanita? No hay más nazis y no se trata mal a tu gente. Tu gente es que no quiere saber de trabajo, de civilizarse ni nada. Acá vas a aprender cosas realmente importantes, no cosas de gitanos, y vas a ganar un nuevo nombre lindo y que le gusta a Dios, y no un nombre tan raro como lo que tienes. Dios te va a perdonar porque tú no tienes la culpa, sino los adultos que te cuidaban.

Mientras la escuchaba quería decir que sí nos tratan muy mal en todos lados, no nos respetan y contar todas las cosas horribles que ya había visto pasar a mi familia solo por ser gitanos, eso en mi corta existencia, pero me callé. Luego de décadas de haber salido de allí, reflexioné que yo estaba allí por haber sido supuestamente *robada por los gitanos,* pero ella y todos allá adentro me trataban como una niña gitana, bajo todos los prejuicios y estigmas que hieren nuestra identidad. Diría que desde esa reflexión pasé a sentir que la verdad es que yo fui robada por los *gadjes* en aquel momento.

Ella siguió hablando, me mostró todo de lo que después supe que era un orfanato, me presentó a las niñas que luego

me tratarían con desprecio por ser gitana. Me enseñó la enorme biblioteca en donde me escondería diariamente de los
maltratos y en donde me acogerían los libros y una monja
bibliotecaria que desde su silla de ruedas y sus muchísimos
años me hizo enamorarme de la lectura, de la escritura, de los
estudios y plantó en mí las semillas de la esperanza de que un
día saldría de allí y lucharía por mi pueblo, para que jamás le
pasara a otra niña romaní lo que a mí me pasaba. Por esa ilusión, pude resistir a aquellos larguísimos dos años.

Aquel día fue también el ultimo que miré a los ojos profundos y llenos de historias por contar de mi abuelo. Cuando
volví, cargaba yo también mis historias calladas en los ojos y
supe que él ya no estaba, que se había ido también aquel día.

Un *patrin,* dos *patrins.* Continuará… y serán algo más que cuentos

De nuestros recuerdos,
cáscara y flor
(casi) han sido devorados,
como lo demás y los demás,
como la vida,
que (solo) deja el puño elevado en la tierra
como si olvido dignificara los gestos
y pudiera alejar a los verdugos.

Iván Periáñez Bolaño, *Quedamos lejos* (2008)

Este momento ha sido uno de los más complejos de elaborar. Durante varios días estuve dándole vueltas, hasta que recibí por correo electrónico la transcripción de una ponencia que realizó la profesora Ethel Brooks en Sevilla. Esto sucedió en 2021, habían pasado tres años de aquello. «¿Una casualidad, una señal o un *patrin*?», pensé tras realizar la primera lectura. Eliminé los pocos párrafos inconexos que había comenzado a escribir y volví a leer el documento de Brooks. El texto es inédito, aunque puede encontrarse el archivo audiovisual con su intervención; se titula «El campamento como archivo, como perturbación, como futuro, como amor»[1]. Sin esperarlo, sus relecturas y sus escuchas, así como las reflexiones posteriores, llegaron justo cuando estaba buscando la forma y las palabras para que estas líneas no sonaran a despedida. Tanto en el audiovisual como en el texto, casi al final, aparece una cita que me pareció idónea para transitar hacia la próxima selección de relatos que ya estaba en marcha:

> Así que dejo mis *patrins* para los que vengan después [...]. Los *patrins* de mis antepasados permanecieron con nosotros, en las formas de comunicación, como guías, como salvaguardas, como hogar, como conocimiento, como método, como archivo, como amor.

Esta noción de *patrins* como recursos frente a la desmemoria, como herramientas que promueven la reparación y la justicia, nos ofreció la posibilidad de poder movernos desde aquí hasta otros lugares menos rastreados de nuestras memorias e historias.

Un *patrin* refiere a una señal que los romaníes dejaban por los caminos a modo de indicación. Estaban hechos fundamentalmente de hierbas o trozos de pequeños arbustos dispuestos de formas distintas según los mensajes que quisieran comunicar. Estas indicaciones ofrecían información a aquellos gitanos que pasaban o se quedaban en ese lugar por primera vez: si había alimentos y de qué tipo, cómo eran los vecinos de las tierras por dónde pasaban, si había peligro por acampar allí, u otras cuestiones relevantes que permitieran a los viajeros tener una idea aproximada de lo que se iban a encontrar. Hablamos en pasado, porque estos símbo-

---

[1] El contenido íntegro de la ponencia está disponible en [https://www.youtube.com/watch?v=6k67KLoSSp8].

los prácticamente ya no existen con aquellas formas ni tienen la función que tuvieron antaño. Siguen vigentes, aunque han cambiado. En este sentido, esta selección de historias puede ser considerada un *patrin de patrins,* en tanto que ofrecen pistas, comunicaciones, saberes, prácticas, códigos que, si saben leerse e interpretarse, nos llevan a otros tiempos y a otros caminos. Esta es una de las funciones que aún siguen activas en nuestras formas gitanas de comunicación, búsqueda y reparación. Esta es una de las nuevas/viejas eficacias de los *patrins,* conectar vías y senderos de memoria que han sido poco o nada explorados. Así, podemos considerar que son antídotos frente al olvido. Son caminos de memoria que nos conducen al presente.

Si mostramos algunos de los que pueden encontrarse en cada relato, observarán como desde el prólogo, Noelia Cortés indica que está escribiendo frente a una foto de Auschwitz; el primer cuento es una carta, un *patrin* que nos lleva desde el presente hasta el genocidio de 1749 en España, y de vuelta al presente; o cómo el *Yayo Remolino* regresa a la España franquista tras participar en el París ocupado por las tropas nazis; o cómo aparece una biblioteca inédita de libros de autores rusos, recopilados en plena dictadura; o los *patrins* que nos devuelven el *Romance de la monja que no quería serlo,* con su capacidad para articular tiempos, genocidios, actos de reparación y justicia un milenio después de su composición original; o cómo las mujeres romaníes han vencido los genocidios culturales, entre otras mediante la elaboración y transmisión de composiciones mantenidas en la intimidad, caso de la Nana a Sofía. Y así en todas las que han podido leer: en cada historia de esta selección encontrará varios de ellos. Esto muestra que los *nuevos patrins* sí son consistentes en su función comunicativa actual, que sí se colocan y actúan como puentes para unir caminos por redescubrir, que sí cumplen una función de protección y transferencias de nuestras memorias, de nuestras familias, de nuestros conocimientos y espiritualidades, de nuestras concepciones del mundo.

Todas ellas han servido como estímulos para animarnos a afrontar este próximo proceso de selección colaborada. Este recurso a los nuevos *patrins* permite asimismo enlazar este *Un día entre los días* con el próximo *Resistir para cantarlo*. Hasta entonces, solo podemos adelantarles algunas novedades. Encontrarán sorpresas, historias no contadas procedentes de experiencias y testimonios inéditos que corren el riesgo de perderse y caer en la profundidad del olvido; de aquí que se configuren como *patrins,* puentes o huellas de la memoria. En tanto que trauma reciente del Pueblo Roma o Gitano, son acontecimientos que forman parte de la memoria reciente de los romaníes europeos; y eso incluye a las gitanas y a los gitanos españoles. Podrán leer relatos verídicos acontecidos y vividos por sus protagonistas en el contexto de la Guerra Civil española (1936-1939), de la Segunda Mundial (1942-1945), y de ambas posguerras. Conocerán detalles, lugares, nombres, múltiples situaciones de gitanos y gitanas que se vieron envueltos de primera mano en uno o en otro episodio histórico (en ocasiones, en ambos). Experiencias tan increíbles que es sorprendente comprobar que responden a relatos y a sucesos reales.

Otra novedad es que varias de las historias y casos concretos localizan relaciones y continuidades poco conocidas entre la dictadura franquista y actores del régimen nazi; antes, durante y mucho después de la finalización de la contienda mundial. Otro de los asuntos que nos parecen importantes es que estas conexiones anteriores permiten desprendernos de una mirada únicamente centroeuropea del Holocausto Romaní y sus consecuencias, como ha venido sucediendo hasta ahora. Asimismo, las experiencias no estarán narradas desde el victimismo, sino que los relatos (estuvieron y) estarán atravesados por el amor a la vida. ¡Por supuesto que hubo y hay dolor!, aunque su fuerza residirá en mostrar las resistencias, las estrategias, las relaciones y la participación activa de los romaníes en esos momentos cruciales. Esas han sido hasta ahora las motivaciones que los próximos colaboradores han mostrado para compartir una parte muy íntima y recóndita de su historia familiar y del Pueblo Gitano, de la historia de España y de Europa. Les puedo asegurar que les sorprenderá, que no será un libro al *uso* de la Guerra Civil, de la dictadura, de la Segunda Guerra Mundial y del Holocausto.

Ni mucho menos *todo* está escrito o dicho.

Deseándoles lo mejor, esperamos que a ustedes, lectoras y lectores, también les haya sido agradable el viaje y sus distintas paradas. Por ahora, toca arrecogerse.

¡Nais Tumengue! ¡Muchas gracias!

Índice